黄铜小号

葛水平 著

HUANGTONG XIAOHAO

山西出版传媒集团
山西教育出版社

图书在版编目 (CIP) 数据

黄铜小号 / 葛水平著 . -- 太原 : 山西教育出版社 , 2024.4
ISBN 978-7-5703-3593-0

Ⅰ . ①黄… Ⅱ . ①葛… Ⅲ . ①中篇小说 – 中国 – 当代 Ⅳ . ① I247.5

中国版本图书馆 CIP 数据核字 (2023) 第 201040 号

黄铜小号
HUANGTONG XIAOHAO
葛水平 著

选题策划 陈彦玲 李梦燕
责任编辑 李梦燕
复　　审 霍　彪
终　　审 康　健
装帧设计 薛　菲
印装监制 蔡　洁
出版发行 山西出版传媒集团·山西教育出版社
（地址：太原市水西门街馒头巷7号 电话：0351-4029801 邮编：030002）
印　　装 山西新华印业有限公司
开　　本 890×1240 1/32
印　　张 7.5
字　　数 107千字
版　　次 2024年4月第1版 2024年4月山西第1次印刷
书　　号 ISBN 978-7-5703-3593-0
定　　价 36.00元

目　录

引　子

有一位小英雄，他的名字叫崔振芳。他14岁参加八路军，16岁被调到八路军总部特务团司号班学习吹军号。也是在16岁，他的生命定格在山西黎城上赤峪村西板山岭下黄崖洞一线天处。

八十多年过去了，小号手崔振芳，在黄崖洞一线天西侧的山冈上，独立苍穹。

从来没有像今天这样因为“战争”难过。只有走近小号手崔振芳，我们才会知道战争有多么残酷。

和平年代，在经济、文化和社会文明程度很高的今天，一个孩子15岁前的教育，是唐诗宋词，是绘画、书法、舞蹈、音乐，更多的是父母视若掌上明珠的爱抚。

然而，战争，给崔振芳一种信仰和精神：我愿我血献后土，换得神州永太平。

崔振芳最早拿起的是一支黄铜小号。小号是用来吹奏音乐的，红玛瑙般的音符是一个民族最后的凯旋。

黄铜做的小号有明月般的光泽，它的音质在硬红石英砂岩上铮铮如钢。

首长说：战争是为了和平。为此，崔振芳知道战争在他参与之前就已经开始了，和平会在他参与之后到来吗？他被日子推拥着向前、向前。

修建黄崖洞修械所，是在七七事变之后。当时，八路军武器匮乏，为应游击战军火缺乏之急，八路军决定在山西黎城黄崖洞处的山区建立一座兵工厂。

八路军在当时建厂时付出的心力和劳力，无声地温暖着朝前迈进的中国革命事业。

黄崖洞修械所文化学习的“夜校”里，王营长对崔振芳说：梁红玉是靠擂击一面战鼓，激扬士兵斗志的，你要把军号吹响，吹到敌人的心脏里去。

崔振芳从心里理解了。

如今，黄崖洞已成为一个旅游景区，多少游人往返数次，其间有学生指着小号手们练号的鸡冠山说着些什么。中国的山水是一门大学问，还有专门研究机构，但是，面对黄崖洞的山水，所有走近的人都心生疼痛。

因为，黄崖洞如画的山水往昔中，有我们的小英雄崔振芳在练习革命凯旋的号声。蓝色的天空是映衬，朵朵白云投下的影子是泼墨、着彩，当白色的山杏花、黄色的刺梅花、紫色的鸡冠花、红色的蓝色的山菊花盛开，当许许多多不知名的五颜六色的野花竞相灿烂；当雄鹰在空中盘旋，或是疾速上升，或是垂直急降；当山雀优雅漫步在泉水边；当野兔和松鼠从人们脚下急速穿过……这样的画面便因为小号手的号声变得生动、有趣起来。

黄崖洞导游一色儿灰色“八路军”军服，他们以一首太行山赞歌《在太行山上》引领人们走进黄崖洞。

导游的声音没有假声，甚至激越得不到位，但歌声里透着激情。

红日照遍了东方，
自由之神在纵情歌唱！
看吧！
千山万壑，铜壁铁墙，
抗日的烽火，燃烧在太行山上！
气焰千万丈！
听吧！
母亲叫儿打东洋，妻子送郎上战场。

我们在太行山上，我们在太行山上，
山高林又密，兵强马又壮！
敌人从哪里进攻，我们就要他在哪里灭亡！
敌人从哪里进攻，我们就要他在哪里灭亡！

这是用全部激情来演唱的一首歌，只有用全部激情来演唱，内心随之起伏，才会激情四溢。

所有前来旅游的人一起跟上去合唱。

想象一下，当一个人走在一座用嗓音搭成的吊桥时，看峻岭与高山，会多么激动。合唱的魅力在于：不同声部编织的音量，从细若游丝的气息控制，到势如排浪的轰泻，高悬于人声的峡谷之间，这是一种信仰和精神支撑下的饱满。

走进一线天，群山中断，两崖相峙，有吊桥横跨其间，如缀绝绠，堪称天险，这就是“筑隘以扼路冲”，抵御日寇入侵之地。

我们的小英雄崔振芳，站在绝壁上凝视远方。

远方，阳光灿烂，微风起处，红霞满天。

曾经，黄崖洞修械所的教导员就已经告诉过崔振芳必须认识的字。

教导员说：记住，绿，绿树的绿；红，红旗的红。

然而，崔振芳永远也看不到原野上那茂密的葱郁和飘扬的红旗了。崔振芳为了表达对世界的看法，虽然不认识字却让人代笔写下了5份决心书——我要扛枪打鬼子！

谁让他下此决心？

红，是黄铜小号的红绸穗子吗？绿，是生命年华的青春色彩吗？

中国革命战争是怎样一种惊天伟业！崔振芳没有留下惊世骇俗的警世名言，只默念着一句话：把号声吹入敌人的心脏！

第二次世界大战中，中国是受害最久、牺牲最烈的国家，中华民族是一个反抗最猛、最为刚强的民族。战火中独有的真善美、战云中最灼目的电闪，其建构理所当然地含有杰出的少年英雄。

黄崖洞保卫战中，特务团900余名指战员奉命保卫黄崖洞，凭借天险与顽强的战斗力与敌血战八昼夜，赢得了敌我伤亡6比1的辉煌战绩。有军事书籍中说，黄崖洞保卫战开中日战争史上敌我伤亡对比空前未有之纪录。

一支黄铜小号，在黄崖洞保卫战中吹响了反法西斯的号角。

一 不太平的日子

八月十五，是孩子们念着、盼着的一个好日子。这一天对孩子们来讲那是太重要了：赏月，祭月，吃月饼，吃甜薯，吃瓜果，提灯笼，捉月华。

年怕中秋，月怕半。

意思是中秋节一过，半年的日子完了，一年就快走到头了。

狗娃子的爸爸说：“今年真不太平，庄稼人过日子不容易，经历了旱灾和蝗虫，就盼过中秋啦。但愿八路军能赶走日本鬼子，让老百姓过几天太平日子。”

狗娃子还没有见过日本鬼子，听大人们说起鬼子的样子来，虽然很害怕，但是害怕中也有几分好奇。

见过日本鬼子的人讲，他们长得细眉细眼，鼻子下一撮胡须，戴着猪耳朵帽子，也有说是戴着小孩屁帘儿，反正狗娃子很好奇日本鬼子的装扮。

中秋节是一个仅次于过年的节日，对孩子们来讲是可以吃月饼、捉月华的日子。

战争年代，虽然大家都恐惧日本鬼子，可中秋节还是要过，因为所有的节日都是孩子们开心的日子。狗娃子妈妈找出杜梨木做的月饼模子洗干净浮灰，要狗娃子爸爸得空儿从树上打下核桃，下地收秋时捎带揪一捆芝麻，再刨出一些花生晾干晒好，等中秋节到来好做月饼馅儿。

土地上的孩子们，喜欢在土地上劳动，是与生俱来的。收获的季节，大人们驾着牲口手拿镰刀收割晚熟的庄稼，跟着下地的孩子手里也多了镰刀，背上多了草筐。刀刃好几次滑过玉米秆划伤了手臂，大人们看见了抓一把细土撒在伤口上，细土总能让伤口好转，也从未化脓发炎。泥土对农村娃来说，是天然的良药。

妹妹细花梳着两根小刷把辫子，发梢软软弯下来，刚好扫着两边的耳垂，她跟着哥哥狗娃子到处跑。比狗娃子小4岁、比妹妹细花小1岁的弟弟猫娃子则拖着长鼻涕，踮起脚尖，伸手想捉住飞舞的蝴蝶，结果摔倒磕了鼻子，坐在地上哇哇大哭。

狗娃子和妹妹细花大笑，妹妹手里举着“甜根”“酸不溜溜”“野酸枣”，在低矮的红薯地，一眼看见弟弟猫娃子脚前有一串紫色的浆果，小紫豆儿似的缀满枝叶。

妹妹喊：“猫娃子，快睁开眼看脚跟前的野葡萄。”

弟弟猫娃子急忙止住哭弯腰连根拔起野葡萄，一会儿工夫，嘴唇、舌头、双手全被染成了紫色，看见哥哥和姐姐时突然又张开嘴想哭。

狗娃子不耐烦地看着弟弟说：“猫娃子吃了野葡萄还哭？再哭，日本鬼子来啦。”

猫娃子不敢有半点违拗，急忙抬起头讨好地冲

猫娃子坐在地上哇哇大哭。

着狗娃子笑。

就这样，狗娃子带着弟弟猫娃子和妹妹细花，跟屁虫似的跟着爸爸在田间地头上蹿下跳。看见地垄边刚刨出的花生，他们迫不及待地剥开想吃。

爸爸说："小心生花生吃多了打嗝放屁。"

兄妹仨龇开嘴扯开脆嗓子哈哈大笑。

真是年少不知愁滋味啊。

这是1940年的深秋。刚过去的夏天，高崖底一带少雨，满世界夏阳干裂裂，庄稼需要雨水时老天爷眼瞪得比牛眼还大，农田里所有绿色的叶子都在逐步卷曲或变黄，大风刮来时，哗啦啦的，在听觉上很干燥，甚至感觉庄稼地都能被太阳燃着了。

年成不好，天公又不作美，虽然收秋时下了一场雨，雨下得实在是不及时，这时候庄稼该晒秋了，一场雨水让地里收不回的粮食作物浸泡出了芽，出了芽的粮食更容易发霉。

好容易出了几天太阳，抢收入仓的粮食也只能够勉强过冬，明年春夏，粮食青黄不接恐怕才是庄稼人过日子的关口。

中秋节前是秋分日。

秋分的意思从字面上讲就是把秋天分为两半儿，秋分后，太阳直射位置南移，山里的日子开始昼短夜长，昼夜温差加大，气温也逐日下降。

节气是庄稼人种地打粮食的依据。

高崖底村教私塾的先生说：二十四节气中，秋分处于第十六个节气，古时没有气象预报，没有农耕作业指导，都是靠着二十四节气来完成耕作。秋分，农作物生长需要充足的阳光，但是也少不了充足的水分，一半一半吧。

私塾先生还说，“秋分日晴，万物不生”，“白露秋分夜，一夜冷一夜”，这些农谚都是告诉种地打粮食的庄稼人，白昼和黑夜就要平分秋色啦，昼长夜短的夏天真要换成夜长昼短啦。

秋分日过后就到了八月十五，这可是狗娃子等待盼望了好久的日子。这一天对孩子们来讲那是太重要了：赏月，祭月，吃月饼，吃甜薯，吃瓜果，提灯笼，捉月华。

小孩子的肚子前半夜吃得一肚子生熟气，后半夜臭屁连连，老鼠都能熏得满村庄乱窜。

农作物春季下种，夏天是庄稼长得最旺盛的时候，秋分之后秋风寒凉地气下抽庄稼停止生长。进入寒冬，万物萧条，很多害虫都会冻死。

把大害虫日本鬼子冻成冰疙瘩算啦。

日本鬼子就是一个一个大害虫，他们祸害得中国到处水深火热。

狗娃子还不知道什么叫“水深火热”。

刚过去的夏天，太行山的天空一点也不安静。

1940年五黄六月天，天气干旱少雨，蝗虫又铺天盖地而来。

地上探头探脑长出一朵淡黄色小花。小花细如发丝的褐色莛子上，有一只蛾子飞过来，在花瓣上停留了一下子，那朵小花就不见了。

看见的老人说，啊呀，那可不是蛾子，是吃庄稼的蝗虫。

说过此话后，空气里有一种惊慌失措的安静。狗娃子反倒很开心，他可以看到蝗虫了，可以烧柴架地锅炒蝗虫吃，那个香啊。想到此，狗娃子的舌根一麻嘴里就涌出了好多口水。

蝗虫糟害庄稼呢！老一些的人摸了摸自己的胳臂，胳臂上起了一层像谷壳一样的小疙瘩，那是因为害怕打冷战起的鸡皮疙瘩。

夏天的某一天，辣日头直陡陡从天空射下来，起伏的山野被染得金红。阳光背景下有一群黑乌鸦叫着飞过去，接着蝗虫像散了窝的野马蜂飞来了。

天空霎时就黑了，有一股子腥臭味，蝗虫撞击得农户的麻纸窗户噼啪作响，蝗虫疙疙瘩瘩被互相撞击跌落在地上，蝗虫撞击过人身体的皮肉都是湿凉的。

漫天满地的蝗虫，黑压压铺开，树干上，屋檐前，猪圈、羊圈，有棱角的地方，蝗虫渗着黏稠的血被甩落在地上，蝗虫尸体的气味让空气发酵变得浓稠。

高崖底村的庄稼人站到粮食地挥舞着手中的树枝想赶走飞来的蝗虫。蝗虫撞击在他们的脸颊上，额头上，手臂上，他们顾不上被撞击得生疼的脸，看着当下的庄稼地甚至来不及喘气和咳嗽，边喊边挥舞着：“呜呲呲，呜呲呲——”

树叶被蝗虫啃吃得落叶满地，那些死亡的蝗虫赤裸着黄色的身躯，苍黄、焦黑，生命同死亡之色同处一体时，蝗虫看上去是如此丑陋不堪。

庄稼被蝗虫咬得光秃秃，只剩下了独秆子。人心发慌，真不想这日子朝前走啊，能往后退到春天就好了，还可以埋下种子。

蝗虫走过了才知道，蝗虫不吃芝麻和豇豆。少少的芝麻和豇豆哪够人们一年的口粮。

庄稼人发黄的脸吓得越发干黄了。

蝗虫过后下了一场大雨，庄稼人趁着雨天又补种了一些秋天的农作物，有种高粱的，也有种玉米的。补种的粮食种子虽然也发芽了，但是比春天种下的粮食要晚熟，不按照季节种地也不知道在秋天有没有收成。

一个午后，有人看见日本鬼子贴狗皮膏药的小飞机从高崖底的空中飞过，从天空中很麻利地落下几个布袋子，开始的时候人们不敢出去捡，有狗寻着一个袋子叼了回来，三口两口撕开了人们才看到，是白面馒头。狗吃了不见有任何动静，跑得更欢，人们就放心出去捡。

日本鬼子丢馒头了。

捡过这一次馒头之后，谁也没有想到高崖底村就出了大事。

早听说要来八路军，可是割了麦子，村子里的人也没有见过，蝗虫过了也没有见过。传说八路军手里取了毛缨子木头枪，杆子刷成红色，青灰布裤打绑腿，黑夜里从村子中央走过，腿脚带风。

还有人说，战争来了，八路军瞄着日本人干上了，还流行过一段歌谣，叫：干一场。

黄河水黄又黄，
日本鬼子太猖狂。
逼着青年当炮灰，
逼着老汉运军粮。
炮灰打死丢山冈，
运粮累死撇路旁。
这样活着好窝囊，
拿起枪杆干一场。

高崖底村的人因为没有见过日本鬼子，也没有人出去当炮灰和运军粮，心里想着日本人往下扔馍馍的好处，就开始惧怕八路军的“干一场”。

日子虽然过得水深火热，可照样得往前走。庄稼人就期盼着夏天补种的晚熟粮食能赶在霜降前有所收获。

秋分时节，该天晴时雨水来了。连阴雨下了半月，夏天补种的秋粮，眼看着要烂在地里了。听说山下的日本鬼子和山下的庄稼人在雨中抢粮食，山下庄稼地里的农作物青黄不接颗粒不够饱满时就开始抢收了。

高崖底人住在山上，山上的人们舍不得庄稼早早离开土地，想等着天晴时秋阳多晒几日，杀杀庄稼中的水分。日本鬼子都送白面馍馍了，还抢什么粮食？高崖底人不相信日本鬼子会和庄稼人抢粮食。

“秋阳十天遍地黄”，可不要小看了秋老虎到来后的日照，有十天日照粮食就会一股劲儿猛熟。

狗娃子和弟弟猫娃子、妹妹细花各自拿着一根长棍，棍子上系着长布条。他们在地里来来回回赶鸟。

秋天，也是鸟儿和人抢夺粮食的季节。

远山是黑乎乎的一个轮廓，像天地间涌过来的一个大浪，近处，眼里看到的全部是植物衰败的景象。

庄稼人对粮食的态度可是有着珍视敬畏黄土般的心思呢，种粮时那些艰辛的历程，仿佛是在天地之间进行着某种庄严的仪式。冬去春来，风调雨顺，庄稼人收获着大地的礼物。这饱含天地日月之精华的粮食，喂养着一代又一代人的肠胃，供养了一代又一代人成长。而对于一粒种子来说，从土里到达肚里，才是它幸福的归宿。

兄妹仨挥舞得大汗淋漓，看着细肠子般回家的路上不见父亲的身影，他们想偷懒，不知从什么地方传来父亲的吆喝声：“又不是让你们扶犁掌耙，赶鸟用不了二两气力，懒汉将来是没有出息的。”

妹妹细花忽闪着大眼睛，动动翘翘的鼻子，吃力地挥舞着树枝。妹妹的眼窝因饥饿而下陷。她穿着奶奶尖尖的旧鞋子，奶奶是三寸金莲，妹妹穿起奶奶的鞋来夹脚，不好走路。狗娃子的热泪模糊了眼睛，抡起双臂用力赶着夜宿前寻找吃食的鸟儿。

鸟儿望风而逃，为了给弟弟妹妹打气，狗娃子念了一首儿歌：

弟弟弟弟，屁股扎个刺儿，
娘说：拔去。
大（父亲）说不碍事儿，
弟弟“嘣嘣”放俩屁儿。

妹妹细花笑得蹲在了地上。

狗娃子就是想叫妹妹细花歇息一会儿。

二 提灯笼，捉月华

传说，将“月华”藏到米缸里，米缸里的粮食永远也吃不完；藏到炕席下，炕席上就会有数不清的新被褥叠摞起来；藏到内心里，脸上的笑容就会亮给世人，心中就会开出幸福花。

日本鬼子抢粮食的风声一天紧似一天。一个庄稼人说了此话可以说不信，两个庄稼人说了也可以说不信，村庄里所有的人都说鬼子要进村了，那就没有人不信了。高崖底人不敢消停，毕竟飞机上扔馍馍的事只有一次，谁也不知道是日本鬼子故意丢下的还是不小心掉落的，鬼子葫芦里到底卖什么药？对庄稼人来讲只能是趁早不趁晚抢秋。

高崖底村在八月十五之前用了半个月时间抢收回地里的庄稼，也算是可以安心过一个中秋节吧。

狗娃子帮着爸爸扛了几天高粱和玉米，走烂一双鞋。妈妈在炕上一边数落狗娃子费鞋，一边拿着顶针和锥子补鞋。补完鞋要打月饼。马上要过八月十五了，穷日子也得富过节。打月饼，祭月神娘娘，月神娘娘能护佑天下太平。

月娘娘，多变化，初一二，黑麻麻，
初三四，银钩样，初八九，似马牙，
十一二，半边瓜，十五银盘高高挂。
中秋月，净无瑕，圆如镜子照我家。

战争年代，日子难活，可中秋节是“秋祀”，因为古人认为五谷丰收离不开太阳，更离不开月亮。如果没有月亮赐予露水，没有月亮圆缺以计农时，丰收也是不可能的事情。

农历八月十五傍晚，收工回来的狗娃子爸爸和狗娃子妈妈就开始打月饼了。妈妈先把麦子磨好的面粉用水和面发好，再反复在案板上揉搓，直到使面团筋道有力。炒熟的核桃仁和花生在罐子里捣碎，装入碗里撒上芝麻和生面粉，拌好作为月饼馅料。

爸爸在院子里垒了土灶，把屋子里的地锅搬出来，打多少月饼不一定，但是，过节的架势得扎起来。

待一切准备好后，爸爸就在灶门前生火烧锅。火的大小也有讲究，火候太大，温度过高，铁锅里烘烤的月饼就发黄发黑，容易外焦里生，吃着不仅有一股苦涩的味道，还容易把脱模出来的月饼上的“花好月圆”四个字烤糊成一团黑雾。所以，铁锅烘烤月饼一般以小火或中火为主。

灶膛里的火点燃后，狗娃子妈妈开始做月饼。她先把和好的面在案板上搓成长条，再从长条上揪下一坨（块），用双手揉搓成一个鸡蛋大小的面团，再用拇指在面团中间按一个窝窝，淋上一小勺蜂蜜，然后抓起一些捣碎的馅料，一揪一揪包严实，放入月饼模子按压成月饼后脱模，再往热锅里抹上少许菜油，慢火在锅里上下翻动烘烤月饼。

月饼六成熟时，要放在炉膛里慢烤。慢烤时，月饼的香味就出来了，香味飘散，使高崖底村荡漾着不同寻常的瑞祥。狗娃子拽着妹妹细花翘着的小辫子，灶膛里的火照亮了他们的小脸蛋，火苗不遗余力地粉饰着天光下贫瘠的小山村。

看得眼馋的弟弟一口一口细嚼慢咽着空气里的香味，妈妈于是舀一小勺蜂蜜给弟弟解馋。看着做好的月饼，狗娃子馋虫顿发，用小手偷偷地在月饼边上抿着掉在地上的芝麻粒放入嘴里。妈妈看见了，轻轻地拍打着狗娃子的小手说：

“等敬献了月神娘娘后才能吃。”

狗娃子觉得好没意思，看见好东西不让吃，肚子咕咕叫。为忘掉肚子里的馋虫，他跑出院子，跑向村口那棵很老的老槐树下，离得还很远就听见有人在跑风漏气地说话。

是高崖底村的王向阳爷爷。他说：“秋天的庄稼到了季节的末尾，老天开眼啥都好，就怕老天闭眼来一场秋雨，庄稼就烂地里了。日本鬼子在山下，说不好啥时候就来了高崖底，保家卫国，年轻人都应该当兵打仗去啊。”

人们都在说日本鬼子，狗娃子还没有见过战争，此刻心里只想着吃月饼。当然，对日本鬼子的好奇是因为在夏天时吃过飞机扔下的馍馍，并没有感到日本鬼子有多坏。

路遇了一群娃娃，他们一团一蛋起哄架秧跑过老槐树，跑进一户人家的院子，看这家人围着炉子打月饼。这些孩子八成也是因为嘴馋被大人撵出了家门。打月饼的女人灵巧的手包着月饼，脸蛋被炉火烤得通红通红，煞是好看。案板上、锅沿边掉了许多芝麻粒，看见的孩子，小手伸进嘴里蘸一星唾沫，抿一下掉落的芝麻，迅速连指头塞进嘴里。

一粒芝麻在牙齿间仔细咀嚼，一股香弥漫了舌尖。

一只小花猫卧在门墩上，香喷喷的月饼充满了诱惑，小花猫喵喵叫着一副跃跃欲试的样子。孩子们的眼睛盯着小花猫，在黑暗中猫的瞳孔变得又大又圆，人字形的嘴巴一张一合，小胡须一翘一翘。为了蹭月饼吃，小花猫用身子蹭着打月饼女人们的裤腿，讨好她们。

狗娃子为了缓解馋瘾儿，和小伙伴打赌说："小花猫是一只吃老鼠的猫，一定不吃月饼，因为月饼是素馅儿。"

在扑鼻的香气中，打月饼的女人笑着说："猫又不是出家人，猫可是又吃老鼠又吃月饼呢。"

狗娃子说："姨，能给我一小块月饼不？我喂喂小花猫，看它吃不吃月饼。"

女人笑着说："耍小聪明。你就是一个馋嘴猫！要祭拜了月神娘娘，才能轮上你们几个小馋嘴。"

院子里有一棵枣树，小鸟排队似的一拨飞走一拨来，被鸟蹬落的枣子，红红地落了一地，娃娃们也不捡，落在地上的枣子都是虫子钻进枣心里了。

也有馋嘴娃娃捡拾一颗咬一口，满嘴尽是虫子的屎，就看见一条胖胖的肉虫子挂在了娃娃的嘴角边。娃娃们大笑馋嘴娃“馋嘴猫”这下可是吃上肉啦。

有女人看见狗娃子在，冲着他喊：“狗娃子，回家拿月饼模子去，就说姨借用呢。”

狗娃子爽快地答应了一声：“哎。”

狗娃子父亲是铁匠，铁匠家的月饼模子大，是杜梨木雕刻，箍了铁圈。杜梨木又叫“杜木”，木质细腻无华，横竖纹理差别不大，更适于雕刻，久用不坏。

“福”和“德”是出现在月饼模子上的文字，缠枝花、桃子、蝙蝠等则是月饼模子图案的主角。月饼从模子里“打”出来后，图案十分雅致，火一烤，那图案就模糊了。模糊的字样多半是月饼模子不好，也可以说是做模子的木料不是硬木。

狗娃子家的杜梨木月饼模子打出来的月饼字迹

清晰，“花好月圆”四个字，立体感很强。

中秋的主题总离不开明月，明月是共同的牵挂，是来年的风调雨顺。

祭月是晚饭后开始。狗娃子看见石头垒好的方桌上摆放了月饼、苹果、梨子和毛板栗。

抬头望月，明月在云朵下藏着。

狗娃子回屋拿了案板上的月饼模子边跑边喊：“高台子上打月饼的翠花姨借咱们家的大月饼模子用呢。”

狗娃子妈妈还没有回过神来，狗娃子就已经不见了影踪。

妈妈在身后喊：“不能跑没影了，快回来祭月神娘娘。”

四下里秋虫的叫声起了一尺厚，月亮慢慢从云缝中露出脸儿，噢，亮汪汪的明月一下就照亮了大地。

不知是谁家的婆姨高声驱赶着滞留在草丛中的

鸡群，娃娃们开始踩着月光回家。那是最快乐的时分，彼此躲避着，尽量靠墙走，影子都在墙壁上挂着。

踩月光也是踩影子，谁都怕别人踩着自己的影子。

大人们说：“八月十五夜叫人踩着影子，人就不长个儿了。”

天彻底黑了下来，圆圆的明月躲开云朵升上天空，把大地照得明晃晃，如同白昼一样。

妈妈摆放好祭献月神娘娘的供果，双手合十，狗娃子和弟弟妹妹在妈妈的指挥下共同望向天空的明月。

妈妈口中念念有词：

明月儿，描金眉，穿金鞋；
明月儿，披战袍，骑白虎。
吃饱喝足赶走人世苦，

保佑生活步步高。

拜月结束后一家人围坐在石桌旁，弟弟和妹妹早就馋猫似的动手了。只是妈妈还不让兄妹几个吃，看着银盘似的明月，一家大小都要听长辈讲述明月的传说。

奶奶在进门的炕上讲嫦娥奔月、玉兔撒娇、吴刚酿酒的故事……想象着此时月亮上的温馨和谐，静谧安详。嫦娥挥舞宽大的长袖，翩翩起舞；吴刚捧着桂花酒，斟满酒盅；玉兔在桂树下奔跑跳跃，围着嫦娥撒娇，该是多么快乐啊。

这时候妈妈要兄妹仨一起喊：

兔儿爷三瓣嘴儿，
三瓣嘴吹猪尿泡儿，
吹得越大，
天下漏得福气越多。

天空明月更明更亮了，月中的山川、河流，高大的桂树隐约可见，一丝丝一缕缕的云彩在银盘似的明月周围缓缓游动，就像缭绕的薄雾，明月开始洒下了水一样银色的月华。

大地上群山黛墨，起伏不断，远处有山里娃的欢笑声，还有飘来的浓郁的山菊花香气。

祭月娘娘结束后，开始吃月饼了。一个月饼用刀切成六牙儿，一人一牙儿。酥酥的外壳，一窝馅儿，生怕掉在地上，吃时要仰着脖子。狗娃子看到妹妹细花吃急了不小心呛了喉咙，吃进去的月饼一下就喷了出来，妈妈看见了伸手打过来，总归还是心疼。一只老猫跳过来舔食妹妹喷在地上的月饼渣子。

狗娃子看着地上的老猫，原来猫不仅吃老鼠，也吃月饼啊。

吃罢月饼开始“捉月华”。捉月华就是用双手捧着明月的光华将它们藏起来。

传说，将“月华”藏到米缸里，米缸里的粮食永远也吃不完；藏到炕席下，炕席上就会有数不清的新被褥叠摞起来；藏到内心里，脸上的笑容就会亮给世人，心中就会开出幸福花。

狗娃子带领弟弟和妹妹争相捧起月华，合拢双手，来来回回将月华送回屋子里，反正月华越多福气就越多。

奶奶瘫痪多年，奶奶的鞋子才舍得给了妹妹穿。爸爸背着瘫痪的奶奶到院子里，让奶奶坐在院子里的明月光下。奶奶的牙都掉光了，她笑着看进进出出孙孙们开心的样子，不时提醒他们注意脚下，小心叫石头磕绊一下。

真是吉祥如意的夜啊，高崖底的孩子们打着口哨相约去山头上望月，到更高处捉月华会捉到一个太平盛世。

就在他们准备出行时，高崖底村狗娃子的舅舅张双虎疯也似的跑进狗娃子家院子里喊：

“快跑哇！日本鬼子开始上山‘扫荡’抢粮食了，他们夜里抢粮不放过每一个村庄每一户人家的粮食和人，趁着月色藏了粮食快跑哇！”

吃罢月饼开始“捉月华”。

三　日军进村

明月看不见战争带给人世间的悲惨与凄凉，满月一轮，依然皎洁，向地面洒下朗朗的清辉。月华落在地锅里，地锅里的水安静得像有一种力量要长出来。

狗娃子眨巴眨巴眼睛，看着舅舅站在屋门口的身影，心里莫名其妙有一丝小激动。舅舅焦急的神态看上去似乎很揪心，再揪心的事儿也挡不住月饼的甜香味儿，那柴火蓬松的烟熏味儿，还有口齿开合间弥漫在嘴巴周围的花生和芝麻味儿。

妈妈揪起石桌前抢食月饼的狗娃子、妹妹细花和弟弟猫娃子，扭头扯着他们仨站定在月光下，忽然又想起什么，转身从窑顶木梁上挂着的竹篮里取出几个玉米窝头揣进怀里，慌悚悚地和张双虎说：

“弟，快吃个月饼。你跑山上来就是为了传话?”

舅舅张双虎说：“咱小东沟村叫日本人占领了，

被洗劫一空，我恰巧不在，现在回不去了，顺道儿跑来高崖底告诉你们赶紧把粮食藏起来，人赶紧离开村子，来不及藏粮食的先跑人，日本鬼子抓后生劳力给他们当炮灰。”

忽然一阵风刮来几声枪响，听上去像是炒豆子，很像豆子在热锅的沙土里爆裂的声音。

狗娃子爸爸一边藏粮食，一边瞅着远处的上山路，果然看到有亮光闪烁着走来。他回转身喊：

“日本鬼子上山了，快领着娃走，躲到后山的羊窑内。”

狗娃子抬头瞅了一眼天空，兴奋在不断扩大，甚至都不想离开村子，就想等日本鬼子来高崖底。

妈妈的手拽得紧，狗娃子把眼睛夺拉下来，脸上带着迷茫，但是他真的想留下来。

日本人来高崖底这是第二次。第一次是从高处的晒布崖走马队，没有拐下高崖底，从崖头上往榆社方向走了。狗娃子那阵儿在猪圈边喂猪，看着山头上的马队，大张着嘴合不拢。狗娃子妈一把拽了他按在猪圈旁边的石碾下。等了好长一阵子，再看岭头上，光秃秃的，马队像风一样消失了。

对狗娃子来讲，日本鬼子是一个模糊的形象，甚至就是一阵风。

狗娃子妈妈旋风一样把手伸进打月饼的灶火，在地锅底上摸了一把锅黑抹在了脸上。狗娃子在明月下抬头看妈妈，感觉妈妈的脸就像对面黑黢黢的山脉一样诡异，在夜晚屋门收聚的月华下闪烁着铁屑似的萤光。

狗娃子爸爸紧着藏了几麻袋粮食，听着远处的马蹄声，背起瘫痪在炕的奶奶，要妈妈带领孩子们跟着走。奶奶背在脊背上的重量不容爸爸停下脚步，安顿妈妈往后山废弃的窑洞走，一家人在那里会合，急急小跑没入夜色中。

舅舅正挨家挨户通知高崖底所有家户赶紧转移。狗娃子很想去找舅舅，想拖延时间留下来看日本鬼子到底长什么样子。

妈妈大包小裹收拾在一起，这一来时间可就拉长了，想着日本鬼子进山要走一阵子呢。

狗娃子清楚地听到马蹄的“嗒嗒”声由远而近，心里像掉进了一块石头，那块石头揪住了他的心肺，他感到了莫名的惊恐，莫名的兴奋，同时也感觉到石头荡起了心的涟漪。

“嗒嗒”声越来越近，在院门口停下。

妈妈护着仨娃惊恐地盯着走入院子里的高头洋马。

日本鬼子用刺刀挑开刺槐编结的篱笆，在院当中的枣树上拴了马。石桌子上祭月神的水果、瓜子、核桃和花生被行走的马尾巴扫了一地。

屋子里狗娃子一点儿都不害怕，手里不舍得吃掉的月饼正想往嘴里送。

妈妈压低声音说：“还吃!”

怕妈妈夺了去，狗娃子一下把月饼全塞进了嘴里，两腮鼓了起来，眼睛看着门口。

妈妈黑脸上的眼白再一次瞪向了他。

这光景，就听得门“哗啦”一声被什么东西刺开了。

日本鬼子真的进屋了。跟随日本鬼子进屋的还有天上的月华。

明月照着留了人丹胡子的日本鬼子的侧影，几乎看不见他的眼睛。他转动着脑袋细细地在窑洞里寻了一遍，最后眼睛停留在一团阴黑处。

日本鬼子笑了笑，他的笑和刺刀在月华下闪着银光，在窑洞灰黑的暗处划出一道寒光。

那一团阴黑似乎蠕动了一下，就听得日本鬼子的枪栓“咔嚓”一声上了膛。

弟弟“哇”的一声哭了，嘴里的月饼喷了出来。妈妈用手捂住了弟弟的嘴。

日本鬼子的目光似乎有了答案，没有进一步用肢体动作表现之前，瞥了一眼土炕上一条叠得方方正正的粗布被子。这一细微的神情很无意地被晃过的月华捕捉住送入了猫娃子的眼睛，猫娃子跑过去一下跳在了被子上。

他们一家人就这一条被子，难道日本鬼子想打被子的主意？

鬼子收了枪，居然咧开嘴笑了一下，人丹胡歪上脸的左上方。他从口袋里掏出两块糖递过来，猫娃子要拿，狗娃子上前一巴掌把糖块打掉在地上。日本鬼子脸上的笑霎时不见了，推开狗娃子，拎起被子上的猫娃子松了手，猫娃子被垂直地墩在脚地上，屁股着实墩疼了，“啊”地喊了一声后没有下文，咬着下嘴唇忍着不敢吭气。

日本鬼子用刺刀挑起被子抖了抖，什么也没有抖出来，嘟囔了一句什么，转身从水缸的篦子上拿了一只水瓢，返身出了屋门。

狗娃子招呼猫娃子和细花赶紧从地上爬上炕贴在窗玻璃上看，看到明月下鬼子卸了马鞍，端起院子里烤月饼的地锅，再一次进屋用水瓢舀了水缸里的水端到院子里，让月光下的高头洋马在打月饼的地锅里饮水。

地锅里的水晃出明月的身影，马嘴一下咬碎了它。鬼子愉快地笑着，那笑容在一闪间包上了明月照射下的月华。喝足水的马抖了抖颈部的鬃毛，打着响鼻仰起脖子很惬意地嘶鸣了一阵儿。

鬼子做完这一系列动作后第三次进屋，这一次进屋把屋子里翻了个底朝天，凡是装有粮食的瓮和缸全部横在地上，搜出粮食后，他们装进带来的口袋里，放在马背上准备驮走。

明月照着他们离去的身影，像剪刀剪出的剪纸。一队人马唱着听不懂的歌谣，叽里呱啦，那歌谣像一丝凉气拽着人们紧张的心不住打摆子。再看那摇摇晃晃往山下走的高头洋马，消失得和做梦一样惶惑。

狗娃子突然想哭，眼泪在眼眶里打转转。妈妈喊了一声："狗娃子！"

狗娃子的眼泪就吧嗒吧嗒掉在了胸脯前。

明月看不见战争带给人世间的悲惨与凄凉，满月一轮，依然皎洁，向地面洒下朗朗的清辉。月华落在地锅里，地锅里的水安静得像有一种力量要长出来。

此时，狗娃子的眼泪糊得眼睛什么也看不见了。其实，多明亮的眼睛也看不穿黑夜遮挡住的事物。

一切像做梦一样。

狗娃子努力去想象日本人的样子，越想越模糊，最后模糊成黑夜中一个恶鬼的样子。半夜里惊吓醒的狗娃子想：我也要去当兵打仗。

14虚岁的狗娃子还是一个孩子。

天亮时狗娃子听大人们讲，日本鬼子这次是秋"扫荡"，是来抢粮食的，他们知道高崖底人刚收了秋庄稼。

日本鬼子抢走了高崖底人的口粮，高崖底的人们在进入冬天前因为缺衣少粮就要挨饿了。

家家户户靠所剩余粮生存不了多少日子，每一张嘴都是粮食的洞，一日三餐少一顿都饿得心焦，尤其成长中的娃娃。

长吁短叹一些日子后，狗娃子爸爸决定背着铁匠家什拖家带口去逃荒。

就在狗娃子爸爸准备要背井离乡前，山下又来了一队人马。这些人似乎是知道高崖底被日本鬼子抢了秋，他们是来打日本鬼子的。这些人每人随身带着25斤小米，把带着的小米给高崖底老百姓每户分配了5斤。

5斤粮食根本过不了冬天，冬天过后是春天，要等到下一个秋天粮食才可以成熟。现在还看不出灾情，但没有粮食吃人们是熬不到春天的。

狗娃子不知道这些人是些什么人，到处跑着去问，结果发现他们是“八路军”。因为这些人中间有舅舅张双虎在，说明舅舅也是八路军。

人们议论着："八路军虽然是打仗英雄，打完仗恐怕也驻不长，再好的军队也是流水的营盘，队伍一走老百姓还得靠土地活命。要让高崖底的人活下去，那可是一个大难题。"

狗娃子爸爸看着眼前发生的一切，还是决定去逃荒。一根扁担两个箩筐，一头挑着瘫痪在炕的奶奶，一头挑着铺盖卷和锅碗瓢盆。

狗娃子不想去逃荒，想留下来参加八路军，当兵打仗有饭吃。

一家子准备逃荒时，被舅舅拦挡下了。

四 新名字“崔振芳”

狗娃子有了一个正经名字：崔振芳。走在乡间的土路上，路遇兔子、鸡、小猫、小狗，他就停下来蹲下和它们说话，告诉它们他有正经名字了。

对逃荒的事，爸爸也犹豫不决，打听往哪里去，兵荒马乱的日子，哪里都是水深火热。

那些日子里狗娃子好像舅舅张双虎的跟屁虫，走哪都跟着舅舅，甚至跟着舅舅张双虎参加了一个八路军的小型会议。因为不认识字，又是小孩，人们对他也不设防。

大人们口中说出的话他有些是听不明白的，因此大人们对他的存在也没有在意。

大人们说：“只有拦挡住群众不让他们去逃荒，只有让群众活下去，解决好他们的吃穿，我们才能在这里扎根、开花、结果，才能巩固与扩大抗日根据地。要让群众活下去，我们必须和群众同甘共苦渡过难关。”

一位红着眼睛、嘴唇起泡、方脸阔鼻的人开始讲话，他们喊他方教导员。

方教导员说：“这里远离老根据地，后方补给一时还运不来，虽然战斗中缴获了一些粮食，也仅够维持我们自己的生活。尽管这样，我们按照上级指示和精神，还是决定从每人每天的13两口粮中节约3两（当时一市斤为16两）救济群众。能救活一人就救活一人，能救活一户就救活一户，走到哪，救到哪。”

狗娃子知道了这些人每天的口粮是13两。

舅舅张双虎说：“部队粮食不够吃，我们就把树叶、野菜和小米掺和在一起熬菜粥吃。现在是和老天抢绿的时候了，趁着还没有到霜降，抓紧储备野菜。我们也抓紧在战斗和训练的空隙时间，上山帮助群众采野菜。”

刚才讲话的方教导员意味深长地看着舅舅说：“双虎同志说得好，你的建议是一个好建议。我们每人要在上冻前积储300斤干菜以备过冬，还要协助群众采集树叶、野菜。”

突然，方教导员看着狗娃子问舅舅：“双虎啊，这娃娃是谁家的？”

舅舅应答：“方教导员，他是我外甥。”

狗娃子一看是问自己，霎时慌了神，不知所措地看着舅舅。

方教导员问：“你叫什么名字，多大了？”

舅舅说：“虚14岁，他爸是铁匠，他叫狗娃子。”

铁匠？教导员突然来了兴致，问：“铁匠的儿子叫狗娃子？铁匠姓啥？”

舅舅代替回答说：“我姐夫姓崔。”

狗娃子憨憨地笑：“他姐夫的儿子叫狗娃子。”

方教导员笑自己糊涂了，一干人也跟着哈哈大笑。狗娃子认为实在是没有可笑的地方，难道叫狗娃子不可以吗？

舅舅看人们笑，知道方教导员不是本地人，解释说："山里娃都有一个丑名字，什么牛娃子、狗娃子、猫娃子。为啥要取这样的丑名字呢？其实就是想让鬼神不待见，起个贱名字好养活。山里流行一个传说，传说有个庄稼人养了个独生子，因生在丑时，便想到了丑属牛就取名牛娃子。一次阎王命令夜叉去抓一个童男来祭祖，夜叉将牛娃子抓到了阎王殿上。阎王问：'你叫什么名字？'

"'牛娃子。'牛娃子老老实实地回答。

"阎王很不高兴，大骂夜叉没用，抓来有这么个丑名字的人，恐怕老祖宗听见这名字都不喜欢，命快去另抓一个好名字的人来。

"夜叉不敢违令，赶紧又去抓来一个山里娃，刚刚12岁，倒也长得白白胖胖。阎王见了开口就问：'你叫啥名字？'

“‘驴娃子。’

“‘怎么又是这么个丑名字？’夜叉怕阎王降罪，忙说：‘怪我忘了先问他们名字……’

“‘以后凡是丑名字的娃儿再不要抓来了。’阎王厉声责骂夜叉。

“牛娃子和驴娃子回到阳间以后把阎王的话说了出去。后来大家都给小娃儿取些丑名字，以便于养大，渐渐地取丑名字成了给孩子起名儿的习俗。”

方教导员思考了一下说：“我给他起个名字吧，男子汉应该有大名儿，有了大名儿就长大了。我看就叫崔振芳吧。”

周围开会的人们一片叹服。

方教导员又解释了一下名字的意义：振，振兴中华、振奋人心、声振屋瓦、振臂一呼的振；方呢，方刚血气、方寸不乱、大方之家的方。不对，是芳，芳年花月、青史流芳的芳。

大伙都认为这名字好，不说威震四海吧，起码也可威震四方啊。

狗娃子有了新的名字：崔振芳。虽然他还不知道名字内容的多重意义，但是，他心里明白要想把这个名字叫响亮，就得做点大事。

这次会议让狗娃子确定了，舅舅的确是八路军的人。

八路军为什么要打日本鬼子他还搞不明白。

会议结束后，主持开会的方教导员拦住舅舅说："你方才说你姐夫是铁匠，咱们正准备制作一批手榴弹，急需要手巧的铁匠，你的任务就是拦挡住你姐夫，不能叫他出去逃荒，告诉他，给八路军当铁匠是有粮食吃的。"

走在高崖底的街道上狗娃子问舅舅："八路军为什么要打日本鬼子？"

舅舅回答："就像是一个小偷进你家偷窃东西，甚至比小偷还无赖，是长驱直入大白天抢劫，你抵挡不？"

狗娃子下意识说：“偷东西是要被砍手的！”

舅舅回答：“崔振芳说得对。”

狗娃子一下醒悟过来，自己现在叫崔振芳了。

舅舅说：“日本其实是一个没有资源的小岛，四面都是海，所以当他们来到中国之后就像是进入了富裕户，完全控制不住自己的手脚，只知道抢与夺！八路军的目的是要赶走他们，赶他们回自己的老家。”

崔振芳问：“八路军厉害吗？”

舅舅回答：“八路军一直都很困难，既没有军饷也没有后勤补给，武器弹药也极度匮乏。在与日本鬼子作战时，往往打掉几发子弹以后，八路军都会装上刺刀，然后吹响冲锋号，与日本鬼子展开白刃战，原因就是子弹太少了，战士们不得不与东洋日军拼刺刀。”

崔振芳答：“拼刺刀是要死人的。”

舅舅回答：“要在敌人的枪没上膛、炮没上架、马没备鞍时就把他们打死，不能的话就赶快撤。和日本鬼子打仗八路军只能打游击，八路军缺少精良的装备。”

崔振芳不知道什么是打游击，但是觉得当八路军挺好玩儿，可以声东击西玩游击战。

有人路过时看见了崔振芳，喊：“狗娃子这是去哪里呀？”

崔振芳扬起脖子，摸着头顶的头发说：“我改名字了，叫崔振芳。狗娃子是从前的狗娃子，现在的狗娃子改名叫崔振芳了。”

听见狗娃子说的话，村庄里的人停下来莫名其妙想笑，于是就假装认真得很，一脸惊讶地说：“噢，那你把名字那仨字儿写出来看看呗！”

崔振芳没有读过书，不会写字，干瞪着眼看舅舅，舅舅用眼神给他肯定。

他慢慢转了一下脑筋喊：“总有一天你会知道我的名字，你也会写出我的名字，我的名字是让别人来写的。”

舅舅笑了，外甥聪明，可惜没有读书识字。

和舅舅分手后，崔振芳一个人往家走。

走着走着，他一时有些兴奋，是被别人嘲笑了的兴奋。和舅舅分手后他还不想回家，独自一人挺起胸脯昂起头绕着高崖底转着村庄走了一圈。

先是看四周围的山，全都一色的苍劲和雄健；看到村庄里的人们像往常一样扛着农具往山里走，他主动上前挡住人家的路告诉人家，自己有新名字了，狗娃子不再是自己的名字，以后就叫我崔振芳吧。

似乎没有多少人关心他叫什么，当下要紧的是缺粮，日本鬼子这一“扫荡”，人人恐慌，家中无余粮，于是将地里还没有刨出的地瓜甚至连秧子也一起搂了回来。

崔振芳用脚踢着路上的石头蛋，一边踢一边喊：“我叫崔振芳，我叫崔振芳。”

看见一蹦一跳的崔振芳，有人忍不住喊：“怪不得你妈天天熬油点灯补鞋，鞋就是叫你这样踢坏的。”

崔振芳为自己的新名字高兴，不管别人说什么。路遇兔子、鸡、小猫、小狗，他就停下来蹲下和它们说话，告诉它们他有正经名字了。

高崖底没有不认识狗娃子的人，可他们见了面还是喊他狗娃子。

崔振芳焦虑自己的名字总是不被人记得，这还能行？一定要让高崖底村的人记住自己的名字。

奶奶常说：“人活在这世上啊，就是为了留名来了。”

狗娃子算什么名字，崔振芳好。他心里为这个名字竖起两个大拇指。

一群觅食的鸟到了晚上就蜷缩在屋檐下的椽缝隙里过夜。爸爸在院子里搭起的简易窝棚下打铁，打铁声让高崖底的夜显得越发寂静。

崔振芳为自己的新名字高兴。

兵荒马乱的世道，穷人要活命，爸爸这虽然也叫铁匠铺，其实就是一个“铁匠炉”。地上扔着一些旧农具，有的农具需要补钢，有的需要回炉。爸爸把锻打的铁料先在炉火中烧红，再放于砧子上，抡起铁锤打造成型。锄、镐、镰、耙、门环、马掌等老百姓常用的各种生产、生活用具，无不出自爸爸的手。

如果不是战争，铁匠铺收益是很高的，“泥瓦匠干一天，不如铁匠铺冒股烟”。但铁匠铺里的工作也非常辛苦，爸爸需要伴着洪炉高温长时间挥动铁锤，做活时赤膊上阵，仍会汗流浃背。要锻造出结实耐用的铁器，除了肯吃苦，还需要扎实、精湛的技术。

这也是将打铁与撑船、做豆腐并称为世上最难三件事的原因。

崔振芳走过去坐在小凳子上替爸爸拉风箱。风箱一拉，风进火炉，炉膛内火苗直蹿。看着火苗，他想和爸爸商量，说他想参加八路军，可爸爸不怎么看他，顾自忙着，低头弯腰，走起路来，嚯哒，嚯哒，是脚底板击打石板地的声音，沉闷、结实。月华下，灰土从脚边，轻轻地扬出去，悬浮的尘土绊住了崔振芳想要说的话。

爸爸的脚，像两块黑色的生铁疙瘩。

空气中烧红的铁锈味铺满了院子，屋子里炕上的奶奶说着梦话：“人成了一摊烂泥，没什么用喽。”

深夜里奶奶长长地咳嗽了一串，拖泥带水的一长串咳嗽声把夜色拉出很深的皱纹。

崔振芳起身从有月华的地方捉月华往奶奶身上撒，月华总是在捉住时就漏了，漏在黑暗处无影无踪。

突然有人推开柴门进入，爸爸喊崔振芳回屋里去看看奶奶。进屋后，他听见来人小声和爸爸说着什么，然后从爸爸手里接过一长串铁货提着走了。

月华洒在院子的石板地上，崔振芳看见有一袋子粮食落在那里。

崔振芳想起舅舅说过的“麻尾弹”，可他还没有见过什么叫麻尾弹。他想参加八路军，明天一定要找舅舅去商量参加八路军的事，对，一定。

白天，崔振芳走过村街找舅舅，不知为什么，喊过他名字的人都神色慌张，也许是日本鬼子“扫荡”后出现的结果。崔振芳发现有几处人家的院墙塌落了，残缺的墙体像奶奶的嘴巴豁牙缺口。那些树木的叶子也都不见了，甚至树皮也被剥走，一地的枯枝败叶仿佛看见了无血无泪的控诉，那些没有树叶和树皮的躯干直挺挺站着，宛若卸甲的将军，几枝高枝直刺穹宇，恰似一种愤怒的拷问。

他觉得好无趣，没有多少人对他的新名字感兴趣，还有人喊他狗娃子，他再一次强调自己的名字叫崔振芳，可人们顾不上和他开玩笑，任由他自说自话。

绕了一大圈没有找见舅舅，回到家时，老远就听到了妈妈的哭叫声，他紧跑着进了院子，发现奶奶在门闩上上吊死了。

奶奶认为自己是没用人，给家里添了麻烦，家中缺粮，自己瘫痪在炕不如早早死了省下一份口粮。

奶奶的死亡对崔振芳打击太大了，假如不是战争，不是日本人入侵中国，奶奶是不会死的。

舅舅再一次出现在院子里，是来送小米度饥荒。

舅舅安慰爸爸说："人死如灯灭。天下到处是战争，老人的命既然留不住，走了，也算是躲过了战争。以前你说要带着家口去逃荒，往哪里逃？不赶走日本鬼子走哪都是背井离乡。虽然古语说人挪活树挪死，可人有二指宽奈何谁都不愿意逃离家乡。"

爸爸蹲在院子里呜呜哭。崔振芳站在爸爸身边，拍了拍爸爸的脊背，像个小大人似的安慰爸爸说："我有新名字了，叫崔振芳，一定要让日本鬼子知道这个名字的厉害。"

爸爸诧异地抬头看着儿子，突然觉得这个不叫狗娃子叫了崔振芳的儿子一下就长大了。

崔振芳拉住舅舅的手，说想参加八路军。舅舅看着远方，似乎是点头答应了。

奶奶的墓地在一个向阳的山坡上。从高处看田野，面饼子一样摊开。

天空高远，万里澄明。奶奶下葬时高崖底村人吃着八路军送来的小米，小米掺和了野菜，饿得眼睛发绿的高崖底人下口狠，吃一碗饭的人一次吃了两碗，心疼得妈妈心口处吊着的心咚咚咚一直被提着，几乎就要从喉咙里跳出来。

奶奶下葬后，崔振芳看见山冈上枯萎的狗尾巴草起伏，那要是谷子就好了。

崔振芳在想：人最不能有二的是心，一旦一心有了二想，事情就坏了。做什么事情都应该一心一意。对，一心一意参加八路军。

这一夜，崔振芳看见一轮皓月当空，大得惊心动魄。明月把高崖底映衬得格外幽深，像被一层从未有过的梦幻笼罩着，带着生动的悲伤。他的心被月华深刻地感染着，甚至猜测生活里又会出现什么不同寻常的故事。

五 如果身体里没盐

身体里没有咸盐，人看上去都很奇怪。原本瘦弱的人一夜之间就“胖”了，很富足的样子，其实是患了浮肿病，脸肿得明晃晃的，眼泡也肿得像核桃，眼睛只剩细细的一条缝，浑身软弱无力。

1940年10月25日，崔振芳由舅舅张双虎拉着手，在八路军驻高崖底办事处要求参加八路军。

八路军办事处在高崖底财主李秋宝院子里，战争一来李秋宝就带着家眷逃跑了。

李财主的木头门板有肉案子那么厚，上面还包着铁叶子，两边是高大的风火墙，望一眼脖子都酸疼。崔振芳举起手拍了几下铁门环，半天，穿着青布裤褂的人开了个门缝，瞄见是舅舅张双虎和崔振芳，笑着要他们进去。

夜黑得对面不见脸，屋子里点着油灯，灯光里有人问崔振芳来做啥。

崔振芳说："来参加八路军。"

舅舅走到一边商量什么事儿，等得崔振芳有点焦急。

崔振芳知道焦急不管用，大人有大人的事儿。一边等待着，一边想这户主人李财主的样子。他和爸爸来借过粮食。李财主抖着几根杂毛须，日头照着他说话间露出的镶金的两颗门牙，一闪一闪。

爸爸说："想找李财主张个嘴，借一些口粮。"

李财主上下打量着他们父子，说："这年月大风吹不来粮食，没有多余的粮食往外借。"

爸爸说："李财主大人大量，我来借粮食，财主你有农具要打我不收钱，我儿子狗娃子可以给你当长工。"

李财主说："你鼻孔喝水，真是够呛。也不看你和我的差距，一个穷鬼也敢张嘴借粮？"

不等爸爸再回话，门重重闭上了。闭门时磕碰了李财主的手，"哎哟"一声之后，安静得没有了下文。

那时候狗娃子噘嘴吊脸拉着爸爸的手往回走。黄泥路上四面透风，一地泥尘。走出老远后，李财主家的狗蹿出来冲着他们的身影吠了好一阵子。狗娃子弯腰捡起一块石头蛋子朝着狗扔过去，嘴里喊了一声：“坏人坏狗！”

爸爸是铁匠，手臂有力，边走边抠手心里的老茧，抠不动时拿嘴撕咬一下。手心里的老茧是打铁岁月积厚的，那狗要敢近前来爸爸能一掌拍死它。可爸爸在李财主面前变得低三下四，世道真是不公平啊。为什么不公平？此刻的崔振芳还不知道。

舅舅和方教导员商量好事情了，方教导员看着脑袋仅到他胸口处的崔振芳说：“这么矮的个子？年龄太小了。参加八路军是要扛枪打仗的，我看你的力气也就能拿动镰刀割谷穗。长长吧，长我这样高就同意你参加八路军。”

崔振芳急得要哭了，不知道该怎么说服方教导员，走到方教导员面前直接就举起了他面前的太师椅。太师椅腿子顶到了屋子顶棚，他的样子看上去如同个子长到了顶棚。

方教导员哈哈大笑，笑着扶住太师椅放在地上，给舅舅张双虎使了个眼色。

老榆木太师椅，富人家舍得也用料足，重量还是有的。不过方教导员站在一边说："你先帮助高崖底穷困户打野菜，我看你能够打多少野菜，只要表现好，就是证明你参加八路军的决心。当然，今天的举动我很赞赏，从今天起，你就算是加入预备队伍了。"

崔振芳露出了笑容，虽然脸颊上还挂着泪蛋蛋，可已经是进入了预备队伍，他此刻已经把自己当成八路军战士了。

对于成长中的娃娃们来说，身高绝对是最让人在意的外表，如果年龄小个子高，年龄是可以忽略不计的。

方教导员抹去崔振芳脸颊上的泪蛋蛋，笑着说："因为年龄小你的个子才小，因为年龄小你才要哭鼻子。你看哪个大人哭鼻子？"

舅舅为了安抚崔振芳，说："有一天长到八尺有余时，小鬼子看见你会心惊胆战。"

方教导员接着舅舅的话微笑着说："你这个外甥有意思。真长到八尺有余那真是不得了。个子小就连古人都不例外，《邹忌讽齐王纳谏》有言：'邹忌修八尺有余。'要是按照现在对于尺度的了解，三尺为1米，那么邹忌估计得快要3米了。但邹忌是战国时期的人，根据出土的战国楚尺来看，一尺为22.7厘米，八尺有余，那他的身高至少在1.8米。其实度量衡一直以来都在变化，古书上用的尺，和现在的度量尺有很大的区别。但是古人却认为，只有七尺以上的人才算成年，而男性至少也是得七尺身高，才好出门做事，不过古人也实在是要求有些苛责了。14岁就想要加入八路军，上阵杀敌。勇气可嘉，勇气可嘉！”

方教导员拉着崔振芳的手说：“我教你一首歌谣，把这首歌谣传唱给和你一起玩耍的少年，这也是预备队伍一项重要任务。”

这是一首《抗日公约》歌谣：

我们是抗日的儿童团员，
誓同日本帝国主义斗争到底。
坚决做到：
一、不上鬼子学，不念鬼子书；
二、不吃鬼子糖，不上鬼子当；
三、不向鬼子说实话，不给鬼子带路；
四、不暴露八路军，不说出粮食藏在哪。
就是死也不能说，坚决不能说。

别小看了这首歌谣，因为不认识字，背起来困难唱起来反倒容易，这首歌谣让崔振芳忘记了许多不快，学得很上心，学了很久才记住。

一场秋雨一场寒，高崖底的孩子们跟着崔振芳学歌谣时突然就想改名字了，高崖底大多数父母为了孩子好养成人，给他们起了赖名字，赖名字天不收鬼不撵。

狗娃子算好听名字了，有的干脆叫“王八”“赖蛋”“鼻涕”“猪猪”“长驴”等。

崔振芳带着他们去八路军办事处找方教导员要求改名字。孩子们在院子外等候时不消停，一群人团成蛋玩猫逮老鼠。孩子们天性中的快乐，战争是剥夺不了的。

舅舅张双虎出来赶他们走，告诉他们这时候不是改名字的时候，是好好表现的时候，是和寒冷的季节抢口粮的时候，要他们赶快上山帮助农户采野菜去。孩子们一窝蜂似的散了，各自回家取镰刀、背篓往山上剜野菜。

深秋时节山巅上的风沙也猖狂，寒风唆使黄尘一阵阵扑打着身形单薄的高崖底村民和被风吹落得稀疏的树叶。战争煎熬着人们的视觉和感觉，被日本鬼子“扫荡”过的破破烂烂的高崖底，越发萧条衰败了。

留守在高崖底的八路军协助群众采集树叶、野菜，崔振芳号令小朋友们不落后。八路军甚至还专门组织了一个访问小组，向群众了解野菜代替食品的种类和制作方法。

深秋的树叶又厚又脆，崔振芳每天把采来的能吃的树叶、野菜拣干净，洗净，帮助妈妈烧火，把树叶、野菜煮熟压尽水分，然后立即沤在缸里。厨房里空了的米缸、面缸、腌制咸菜的土瓮全部都派上了用场。一些多采的就晒干储备过冬。一时高崖底家家户户院里院外摆满了椿、柿、杏、桑等二三十种树叶以及苗苗菜、刺海菜、苦菜、蒲公英、沙蓬菜等十数种野菜。

由于粮食严重不足，再加上日本鬼子对太行山加紧经济封锁和残酷“扫荡”，高崖底的群众长期吃不上盐。

身体里没有咸盐，人看上去都很奇怪。

原本瘦弱的人一夜之间就“胖”了，很富足的样子，其实是患了浮肿病，脸肿得明晃晃的，眼泡也肿得像核桃，眼睛只剩细细的一条缝，浑身软弱无力。

人们第一次知道，原来不吃盐是要死人的。

六 八路军没有三头六臂

夜空荡荡的，先是看见西天边的山脊上发白，再白到院子里的枣树上、杜梨树杈上的喜鹊窝上，再白到铁匠棚的那一根烟囱上，最后白到了窗户上。天就要亮了。

太行山的初冬下了一场雪，一夜之间悄无声息地铺白了大地。雪拉近了天空、远山、村庄的距离，整个世界像是被糊了一层桑树皮做的白麻纸，更似给战争穿了白孝。

啥时间战争才能过去呀？

太阳一出，整个世界又都璀璨起来。太阳刺刺的金线直往眼窝钻，光线刺激得人眼窝直流泪。

崔振芳说：“秋天的雨水都来到人眼窝里了。”

想起日本鬼子走起路来脚步声“咯噔咯噔”响，屁帘子在脑袋上晃荡，他们张扬着自己的性子，无所畏惧地尖声浪气笑。再看高崖底的人们，拖着圆筒一样粗的腿，迈一步摇晃三下，人就要倒下去了，可谁都没有力气扶别人一把。这样一比较，崔振芳厌恶日本鬼子，没有一丝好奇心了。想起那晚的情景，他厌恶得就想吐。肚子里没有粮食吐什么呀？吐酸水。

妈妈的小腿也圆筒一样粗，爸爸嚼着山里采回来的蛤蟆草，嚼烂，敷在妈妈腿上。

爸爸喊崔振芳去山里找碱土，父子二人扛着锄头挑着筐子在山里阳面坡上转，终于找到了下雨天泛出白印子的土，父子二人兴奋地挖出碱土挑着回到村庄。

在村口上碰见了脸上黑漆漆挂着淤泥，露出满口黄牙的玉兰婆婆，她伸出手，手胖得和婴儿屁股一样。

玉兰婆婆说："人成了一摊烂泥，什么用都没有了。你家里的酸菜，给我一些吧，我屋里连一片菜叶子都没有了。"

玉兰婆婆和奶奶去世前说的话一样样的。

玉兰婆婆看上去裤子包不住大腿，身体里的水好像随时会喷涌出来，她“哎哎哎”地呻唤着。

崔振芳跑回家给玉兰婆婆舀了一碗酸菜，结果就看到有人抬着一口缸从他面前走过，他看到缸里装着一个村子里他认识的人，可现在他成了死人。

爸爸把碱土倒入地锅，点了柴，添了水，开始熬小盐。

熬完的水晾干后得了一点点白面儿，每个人都欣喜若狂，用舌头舔一下，涩涩的、苦苦的，感觉不到有咸盐的味道，就算吃进肚子恐怕也生不出力气。

驻高崖底的八路军则一面派人上山采集连翘、柴胡等草药，一面通过关系到敌占区换回一些盐来。有了盐，得了浮肿病的人们慢慢消了肿，恢复成原来的瘦样子。可身体里缺盐分造成的损害一下还是消除不掉。

人们开始用野菜做酸菜，把酸菜和盐掺在饭里，又好吃又解毒。这样，浮肿现象终于逐渐消除了。

浮肿消除了，还是缺粮，缺粮是要饿死人的。崔振芳见过缸里装着饿死的人，那时，狼就在对面山坡上长嗥。

就在高崖底人们担心饿死人的事要发生时，八路军突然送上山一部分粮食，粮食从哪里来成了崔振芳无法猜透的谜。

分粮食时，高崖底村人排队去领粮，分粮人一边登记各家各户人口，一边告诉领粮食的高崖底村人：

“有了粮食也不能大手大脚改善伙食，这粮食是用八路军战士历尽千难万险甚至是牺牲换来的。你们要学会把苞谷皮、小米面、榆树皮面拌在一起做菜面条，用小米面加上山韭菜、小蒜、盐等做成‘块垒’和菜团、饸饹等。在极度艰苦的日子里，要度过寒冷的冬天，高崖底人必须学会度日如年。你们如果不省着点吃，八路军战士还要从敌人那里夺‘供给’，这供给虽然是日本鬼子从老百姓口里抢走的要命粮，可再从鬼子那里拿到手是要牺牲我们的战士呀。”

崔振芳对日本鬼子的好奇心逐渐变成了说不出的情绪，他想，我的“预备”也应该到期了吧。

他等着舅舅到来，舅舅却失踪了似的。

冬日，一个漆黑的夜晚，崔振芳喊弟弟和妹妹去山洼捉野鸡。

弟弟说：“我不去，我怕天黑。”

崔振芳说：“还男子汉呢，胆子跟绿豆似的那么小。”

其实崔振芳是借着捉野鸡去打探，八路军最近做了这么多事，为什么没有看到舅舅。既然弟弟妹妹不去，他决定一个人去。

走出屋门口，看见了天上开始落雪，细细的雪花在天空翩然飞舞。突然和对面走来的马队打了个照面，看见马或驴噗噗打着响鼻，鼻息散出一团一团的白烟。或者是因为天气冷，马彼此靠得近，脚下的蹄掌走在路上也没有多大响声。

只看见几个精瘦的人赶着它们，它们似乎也驮着很重的东西。赶牲口人埋头走路都不说话。崔振芳闪开在路边，看马队走往后山。后山没有村庄，他们去后山做什么？

崔振芳大着胆子跟着他们走了一阵子，被察觉了，走在最后的赶牲口人压低声音训斥了他几句，让他赶紧回家。

崔振芳大着胆子说："我想打探我舅舅张双虎在哪里，你们可知道？"

赶牲口人说："张双虎是你舅舅啊？他和鬼子抢粮，光荣了。"

光荣是什么意思？

崔振芳一头雾水。往回走的路上，他觉得真窘迫，不认识字，不知道人家的话是啥意思，但是得

细细的雪花在天空翩然飞舞。

赶紧回去告诉妈妈。

上气不接下气回到家，看见妈妈在灯光下缝衣服，他急迫地和妈妈说：“舅舅多少天不见，是因为舅舅光荣了。”

妈妈一头雾水，又缝了几针，用牙咬断线直着喉咙冲外面打铁的丈夫喊：

“他爸，双虎光荣了。光荣是啥意思？”

院子里打铁声落下来，爸爸冲着屋子里喊：“不知道是啥意思。”

这当口崔振芳风一样跑出屋门，再一次冲入了黑暗中。他跑到八路军的临时办事处，看见外面有站岗的，急忙问：“叔叔，你快告诉我，光荣是啥意思？”

黑暗中站岗人说：“就是牺牲了。”

崔振芳继续问：“牺牲是啥意思？我也不知道啊。”

站岗人说：“牺牲是有我们的同志阵亡了。”

崔振芳吓得脚后跟都软了，看着对方说：“我舅舅张双虎难道是牺牲了?”

站岗的人小声说:“双虎同志确实牺牲了。这不是说话的时候,快回去找你爸爸去。”

崔振芳突然“哇”一声哭出了声,大声喊着:“我要参加八路军!”

院子里有人听到外面的动静,走出门,把崔振芳领进屋。

崔振芳不管不顾大声喊:“我要正式参加八路军!”

方教导员走过去抚摸着崔振芳的头说:“回去和你爸爸商量,就说我同意你参加八路军,但是,还需要家长也同意你参加八路军。”

这一夜崔振芳几乎没有睡觉。14岁的孩子要参加八路军,军队是当兵打仗,打仗是要死人的,14岁当兵打仗能做什么?爸爸没有同意。

整整一夜,崔振芳睡梦中不断地映出山原上舅舅迎面走来的样子,恍恍惚惚。他眼巴巴地睁着眼直盼东方发白。夜空荡荡的，先是看见西天边的山脊上发白，再白到院子里的枣树上、杜梨树杈上的喜鹊窝上，再白到铁匠棚的那一根烟囱上，最后白到了窗户上。天就要亮了。崔振芳眼皮子打架支撑不住睡着了，一睡就睡到了日头一竿高。一道道金色光芒斜照着群山，耀得人眼花，阳坡上的一层白雪很快就化了。这一觉真是睡过头了。

崔振芳一骨碌爬起来，正想埋怨自己呢，听得天空有沉重的嗡嗡声传来，急忙跑出屋门看，是一架鬼子的飞机在上空盘旋。高崖底人们跑出屋仰脖子望天，期待着天空的飞机往下扔馒头。

突然，只见它翅膀一歪，斜插下来，“嗒嗒嗒”打了两梭子弹，撂下几个炸弹，高崖底村立即腾起了浓烟，断墙残壁间鸡飞狗跳。

人们在哀号中还没有来得及想明白日本人为什么要扔炸弹。和扔馍馍比较，扔炸弹就是杀人。

炸也炸了，有理找不着衙门，接下来的日子怎么办？

突然有一天高崖底人发现逃跑的李财主回来了，坐着轿子，在轿子上气急败坏大声喊着，他是回来清算占领他屋子的人，然后清算拿他东西的人，有日本人给他撑腰，他是有皇军靠山的人，看哪个敢再动他的家产。

这时候，有人发现八路军不见了影踪，李财主的清算只能是说一说罢了。

要过年了，穷人过年那是躲躲闪闪的，可哪个又能躲开年呢！

谁能把年搁到年这边呢！过年难，可辞旧迎新依然是生活中的一件大事，且有了新的内容。为了迎接年，腊月二十三，高崖底人们家家都开始送一家之主灶王爷上天言好事儿。之后就要过小年啦，家家户户洗漱扫尘，清理自己周围环境，开始准备春联、年画、剪纸等，以装饰自家的门窗。有能耐的家庭还备了各种年货，如酒、肉、蜡烛、爆竹。

等到了腊月三十，尽管一切没有准备就绪，也得过年啦。

崔振芳和弟弟猫娃子、妹妹细花帮助妈妈用麻纸糊了窗户，妈妈用黄纸剪了公鸡、小兔等贴在新糊了的窗孔上，在大门上倒贴一个黄纸剪的“福”字，意思是福到了。

本来过年是要贴红纸对联和红色窗花，可是因为今年奶奶去世了，家中有长辈去世过年是不能见红色的。爸爸把家族的谱单牌位也安排在一定位置，在其前面设了一个很小的供桌，桌上陈设香炉和各种祭品。除了祭祖，还祭各种神祇，如天王爷、财神爷、灶王爷、土地爷、门神等。这么多神仙都没有保佑庄稼人过上幸福生活。崔振芳最想过年，因为过罢年就又长一岁啦，岁数长，个子长，就可以当兵打仗啦。

敬天地祖先，是太行山区的传统。在他们的生活中，到处都有神仙存在，敬畏自然就是尊重自己生存的环境，环境好人才可以与之和谐共生。

崔振芳和弟弟妹妹穿上妈妈缝好的新衣裳，就等除夕夜守岁。

“一夜连双岁，五更分二天。”

一夜之间人就大了一岁，一夜之间就有了去年和今年之分。

除夕之夜，全家人团聚在一起，吃过年夜饭，围坐在铁匠炉旁说闲话。说啥都不能说不吉利话，要说的话里没有奶奶和舅舅，也没有村庄得浮肿病、日本鬼子抢粮和飞机轰炸的事。

可这些事之外没有啥可说的，明年年成是啥样子不好说，明年战争是不是能结束也不好说，凡是要说的话只能说半句，再往下说就要涉及战争涉及死亡。一家人不说话，守夜到明月当空时分，崔振芳开始打瞌睡，打哈欠是能够传染的，弟弟和妹妹更是哈欠连天。

爸爸说：“睡吧。明天一早喊你们起来放开

门炮。”

崔振芳要弟弟妹妹先睡，他要和爸爸妈妈一起守岁，他长大成人啦。

除夕夜守岁迎新，守岁有两重意义：岁数大的人在除夕之夜守岁有珍惜光阴的意思；娃娃们守岁则是为了表达他们的孝心，是给父母延寿。

初一五更天，诸神下界，人们在祖先谱单牌位前跪拜，然后祭祀请神，神的耳根清净，才好听进去人说的话，才知道人世间的艰难困苦。

高崖底人们彻夜不眠，大家都在熬年。

大清早，不知道谁家的开门炮响了，接下来村上的爆竹声不断，最响的是财主家的，仗势欺人似的响了很久。

过年的热闹持续到初五。初六就撤除了祖宗谱单牌位和供桌，恢复了正常生活。

农历正月十五元宵节又热闹几天。各家各户在自己家院门口，用石块垒了自己家里人的十二生肖样子的火炉，火炉里添加了柴火，火苗从生肖炉子的口、鼻、嘴巴和耳朵里冒出来，旺旺的火苗寓意着今年的日子要旺起来啦。

正月十五是舅舅给外甥送灯笼。舅舅牺牲了。看到那些在夜晚打起灯笼聚集在一起玩耍的小伙伴，崔振芳有些落寞，世上再也找不见舅舅了，打着灯笼也找不见了。

新年期间的娱乐活动多，舞狮子，打铁花，放花灯，猜灯谜……迎新年除旧岁，一时让人忘记了许多难过的事。不出正月都是年，串亲戚是整个过年仪式里的重头戏。狗娃子相跟着小伙伴去山下村庄走亲戚。山下村庄的小伙伴们问狗娃子："你们山上的人见过八路军没有？"

大家闭口不言摇摇头。

别的村庄里就有人说："我见过，长得青面獠牙，杀人如割草。"

崔振芳反驳说："八路军是庄稼汉，没有三头六臂。”

“那就是说你是见过啦？”

崔振芳耳畔响起了方教导员歌谣中第七、第八句：

不暴露八路军，不说出粮食藏在哪。

就是死也不能说，坚决不能说。

于是摇摇头说：“我要见过我就是八路军。”

小伙伴们没有反应过来这句话，他们的想象开始模糊了，八路军到底是什么样子呀？

崔振芳开始教外村的孩子们唱八路军的歌谣，教他们唱歌的同时告诉他们，面对日本鬼子，一定要学会辨清他们说的话，因为，他们表面的好和背后的坏是亲戚，总相勾连。

七　木牌子种在村中央

手上二拇指指关节处如果结了老茧，日本鬼子就认为是拿枪的人；手掌心假如发软，他们就认为可能是八路军的指挥官；额头上眉骨往上发白的，认为是八路军戴帽子的人。

过罢年，出了正月天，八路军没有回来。

清明过后，高崖底人们准备下种时，有人发现一队日本鬼子吊着猪耳朵帽从村头的山路上踢踏踢踏走来。前头走着的人手里举着个木牌子，木牌子上写着“太行山剿共实验区”。

高崖底村多数人大字不识一箩筐，没有几个人能知道它木牌子上写了啥字。

日本鬼子穿过村街，两耳叉上耷拉下来的猪耳朵帽耳呈现出一种舒缓起伏的流水走向。阳光照着日本鬼子，他们看上去很兴奋，异常活跃，肩头上的刺刀被日头抹出一长溜儿软软的银浪，在风的翻动中把阳光弄得十分散碎。

进入村子中央，日本鬼子停下了踢踏的脚步。

停下脚步的地方是一座庙，庙里有一座塔，大约有两丈余高。

日本军队找人用镢头在庙外的院子中央挖了一个深坑，挖到一定深度把扛着的木牌子种了下去，黑色底子的木牌子上写了白字，很醒目。

会识字的私塾先生念出了木牌子上的字，高崖底村人还是不明白是什么意思。私塾先生解释说：“‘剿共’就是消灭共产党，共产党就是占领李财主院子穿了豆秆灰染的粗布衣服的那些人，他们叫八路军，他们在山里打日本鬼子，日本鬼子说剿灭他们，就是要杀他们。”

高崖底村人明白了，日本鬼子是来抓八路军了。

崔振芳想：自己就是八路军。虽然现在八路军部队不见影踪，但是，参加八路军的事仿佛昨夜里做了一场梦，而且是梦想成真。

原来冬天里那个夜晚看见的马队，就是借着夜色撤出高崖底的八路军。马队是朝着后山走了，后山什么也没有，没有村庄，他们转移到什么地方了？为什么没有带走我啊！

日本鬼子站在高崖底寺庙外绛红色的庙墙下伫立了半天，其中有一个说话算数的小队长带着翻译很好奇地走进寺庙的一座砖塔，砖塔中间是空心的，他们顺着爬梯转上了砖塔顶。

太行山走到这里越显雄健，壁立千仞，有一夫当关万夫莫开之势。山脊呈现一种大开大阖绵延不断的走向，近处有绝壁出现，戛然而止，无法再蜿蜒。

凌厉的风绕着塔尖掠过，如千军万马奔腾。

小队长拿了望远镜看着远处，或许更远一些的地方，更远处能看到的依旧是太行山铁青色的绝壁。

崔振芳稀罕那望远镜，望远镜到底能望多远呀。他仰头看着高处，突然想起了方教导员教他的歌谣，他穿过人群，一一找到高崖底村的小伙伴们，告诉每一个人都要记住歌谣里的话，尤其是一、二、三、四条；还不放心，一定要和他们“拉钩上吊一百年不变”。

日本鬼子还在塔顶上瞭望，他们看见了有庄稼人挑着家什去逃荒，还看见了自己修建起来的碉堡。还有一个地方着火了，燃着黑红色的火苗，一个低首蹒跚的老妇手里挽了篮子在路上走，不时地弯腰拔一把野地里的野菜。阳光下有一条波光粼粼的河水蛇行地流向远方，大片光秃秃的杨树站在河沿的沙地上，连有一只野兔从它们中间穿过都看得清清楚楚。

这塔，真是一个绝好的碉堡啊！这样的地方怎么可以让“光游不击”的八路军占领？

高崖底村一个叫秃子的憨憨，看见塔顶上日本鬼子拿着的望远镜，也激动得不知深浅地往上跑，塔顶上的日本鬼子居然招手喊他上去。他笑着看日本鬼子，看他们手里的望远镜。日本鬼子招了招手要他过来看。

秃子拿了望远镜举着看，上身那瘦短的衣服就吊了起来，露出了肚子，肚子滚圆得像地锅一样，上边扣着一个像眼睛一样的肚脐眼儿，同时露出了腰上系着的一条皮带。

普通人哪里系得起皮带？都是红裤带。裤子是免裆裤裹腰，他提了一下裤腰往皮带里挽了一下。这个不自觉的动作被塔顶上的日本小队长看见了，觉得中国娃娃实在是好笑，可娃娃那腰上的皮带很醒目地就进入了眼帘。

他嘴里喊了一声什么。

只听“砰”的一枪，秃子从塔顶栽下来。

望远镜随他掉下去的身体呈抛物线滑了出去，掉到寺庙的砖地上。砖塔院子里的庄稼人霎时捂上了眼睛。寒风肆虐，阳光从云朵的缝隙筛落下来，村子里的狗冲着砖塔院子里的日本鬼子开始狂吠。

一种停滞的死气沉沉胀满了崔振芳的脑袋，他想跑过去和秃子说话，一双大手钳子一样抓紧了他的胳膊。

院外的日本鬼子马蜂一样分散开，把高崖底村看稀罕的人包围了起来。枪栓拉动声中，两个日本鬼子从塔楼上转了下来，看着躺在地上的秃子举起了手又补了一枪，这一枪对于秃子来说已经没有什么意义了。

日本鬼子叫喊着：“八路的干活。”

凭什么说秃子是八路的干活？

崔振芳想弄清楚缘由，便从人缝隙里挤到前面，听他们不停叫喊，原来是秃子裤腰上的皮带作怪。可秃子从哪里找到这么一条皮带？老百姓可从来都不系皮带，这条皮带是日本鬼子用的皮带，也就是说，秃子有可能杀了一个日本鬼子然后解下了他的皮带。

日本鬼子把人群分开，男人一边，女人和孩子一边。

小鬼子开始对高崖底的男人们严格检查，检查分几步走：

第一步是先摸手，手上二拇指指关节处如果结了老茧，日本鬼子就认为是拿枪的人；手掌心假如发软，他们就认为可能是八路军的指挥官。第二步是看头，额头上眉骨往上发白的，认为是八路军戴帽子的人。第三步是看穿衣，上衣要是长到膝盖，并且是用豆秆烧灰后染的土布做成的衣服，他们认为一定是腰间藏枪的土八路。

当时，山里打游击的人，穿的就是这豆秆灰煮水染出的青色土布。

穷人家买不起染料，山上的植物叶子就是染料。八路军的穿戴一般就用豆秆烧成灰下锅煮开了染布制成，当然，普通人家也用这样的染布来做成衣。高崖底村成年后的年轻后生们额头上因为常年捂着羊肚肚白手巾，看上去都有点发白，穿着的还都是长及膝盖的半大上衣。

也就是说，整个高崖底村几次轮番检查下来，几乎全都是八路军，这着实吓着日本鬼子了。

这时，秃子的父亲颤巍巍拿着一封信走来，他递给日本鬼子一个叫“毛利”的小队长。

那封信是日本文字。信上写了秃子身上的这条皮裤带是一个日本人送给他的。这个日本人去年的一个深夜走进了高崖底秃子的窑洞，他是从东北跟着日本人过来做生意的日本商人，因为闹肚子找到了秃子家，秃子爹给他熬了汤药。日本商人住了几日后病情好转，走时看着自己身上没什么值钱的东西留作纪念，就问秃子要什么。秃子指着日本商人腰间的皮带说，喜欢。日本商人随手抽出了腰间的皮带说，留个念想。秃子系皮带图个新鲜，可不知道系的是日本鬼子的索命绳绳。

小队长毛利看着信笺上的日本文字，知道是冤枉了秃子，可他就是不想表现出后悔。秃子已经死了，死一个中国人算什么，更是没有必要翻案，他们的“三光政策”可是对中国人要烧光、杀光、抢光的。

那一封信被日本毛利小队长撕成了碎片蝴蝶一样飞走了。

华北敌酋冈村宁次，一直以来认为高崖底村周边的几个村，是准“治安村”，这一次又把这个牌子插到这里，就是总结了几年失败教训后提出的“三分军事、七分政治”的新思想；又因为离这里不远处的深山里藏有八路的修械所，他们的目的就是要捣毁修械所，不让它有源源不断的武器运输到战场。

日本鬼子一边在政治上加紧推行他们虚伪的怀柔政策，笼络群众，用包围圈来实现“太行山‘剿共’实验区”，其实另一边最主要的目的是梦想灭掉八路军藏在附近山里的修械所。

战争几年下来，怀柔政策只是一个举着的幌子，他们发现八路军就是老百姓，老百姓也是八路军，他们见到老百姓任何蛛丝马迹的现象，都会如惊弓之鸟，而对付老百姓的怀柔政策也转换成“宁可错杀一千也不漏掉一个”。

一个小村庄就检查出了这么多有问题的人，想想太行山藏着多少村庄？难道中国人在战争面前人人都变成了八路军？

毛利小队长突然提高嗓门用日本话说着什么，他旁边的翻译官跟着急速翻译着：

“高崖底后山有一个天然溶洞叫黄崖洞，那里藏着八路军一个修械所，他们一夜之间就破坏了修建的铁路，‘大日本帝国’修建的铁轨，一夜之间就运到山沟里做了枪炮。‘大日本帝国’的军队，将在此发动一场战斗，主要目的就是捣毁八路军这个修械所。只有捣毁这个修械所，你们这些东亚病夫才能过上幸福生活。”

杀了中国人，还大言不惭说让中国人过上幸福生活？

崔振芳想再一次走近秃子，想把地上的秃子唤醒。日本鬼子用枪挡住了他的身体。

“你的小孩，什么的干活？”

崔振芳大声说：“我叫崔振芳。”

这时候有高崖底放羊娃打了一捆柴从对面的坡上走了下来，日本鬼子看见了，让人过去把他连推带拖架过来。

听到翻译说：“砍这么粗的木头是用来做枪杆？”

放羊娃说：“是砍下的小椽，盖驴棚子用。”

这句话属于不好翻译的话，那翻译矫正了半天，毛利小队长觉得解释不清的都应该有内容，根本不想耐着性子听，挥了一下刀，放羊娃被带往角落里挨打。

这么一会儿就搞得高崖底村鸡犬不宁，崔振芳痛恨自己没有枪。就算是有枪又能做什么？自己也不会放枪啊。

崔振芳的名字在日本鬼子耳朵里如清风一样散

走了。

这个名字怎么能够让日本鬼子记住呢？崔振芳感觉，此刻比寒冬还寒冷的是日本鬼子狰狞的脸，恐惧从脚心弥漫上来，一直漫上了咽喉。他想哭，想起教导员说过的话“男子汉是不哭的”。

日军翻译说：“我们不离开高崖底了，要在高崖底修碉堡，男人留下，女人和孩子可回家。”

秃子被他爹领走了，活蹦乱跳的一个人转眼就变成了一具尸体。

放羊娃的父母缺盐时得浮肿病死了。只有一个爷爷，爷爷拄着拐棍来看孙子。看到被打得浑身青紫的孙子，放羊娃的爷爷一口气没有上来，一头撞向佛塔。放羊娃的爷爷也死了。

四周突然暗下来，是低矮的乌云遮蔽了地上的一切。风开始打着旋儿地刮，风刮过后天空开始落雨，好大的雨，倾注而下。所有人的脚步都有些惊慌。

倾盆大雨，铺天盖地。雨洗净了草房子、柴垛尖、树木梢和瓦屋顶，灰色的村庄在悄悄变得明亮。雨不遗余力地掩盖着高崖底发生的罪恶，沙沙的声音是它摩挲树枝、屋顶和土地的温暖。雨想用自己的方式洗刷干净人世间的耻辱。

突然的一个雷炸响了天空，闪电撕裂了积厚的云层，所有人的心怦怦跳动着，这是天公在发怒吗？

八 等不回来的爸爸

墙头上的麻油灯摇着豆粒大的火苗，一面墙壁上妈妈的身影像一道起伏的山岭；楼梯旮旯，弟弟在那里藏着，他被日本鬼子吓傻了，总是躲藏在黑暗的地方。

驻扎在高崖底的日本鬼子给家家户户有织布机的女人们下了一项任务，要每户纺线织布，按照人头算，一口人十丈布。

爸爸领回棉花，将棉花堆放在炕上，有着一种沙沙苦苦的棉絮味飘散开来。面对五十丈棉布的任务，妈妈皱着眉头。冬天的寒风吹裂了她的手皮，开裂的手指针扎一样疼痛。妈妈要崔振芳和弟弟妹妹一起纺线，在纺线前先把棉花搓成棉条，搓好的棉条很像白蜡烛条。

妈妈用的是最简单的办法，截取筷子长短的高粱细茎，掀起一层棉花，撕下长方形的一片，在高粱茎上卷成白蜡烛样的棉花卷，最后抽出细茎。搓成这样的长棉条，才可以节省纺线线的时间，加快速度。

母亲每天夜里在一盏昏暗的煤油灯下纺线，直纺到公鸡啼鸣儿……崔振芳和弟弟妹妹先后跟妈妈学会了纺线，他们坐在纺车前，左手捏住棉条的一头慢慢地向后伸长，从棉条里拉出一根细线，然后绕上锭杆，再拉，再绕；右手轻摇纺车的手柄，带动纺车转动。

纺线要掌握平衡，纺车的主动轮上有一根绳子连接锭杆，纺线人的身体要顺势倾斜，和拉出的线配合得恰到好处，一条白色的细线才能缓缓地被拉出来……

妹妹不会拉，几次都是拉出了老鼠尾巴样粗的线股。不会别捣乱！妈妈破天荒打了妹妹一下，崔振芳护着妹妹，妹妹嘤嘤哭。妈妈是真辛苦，白天去田里干活，晚上在煤油灯下织布；有时下雨天出不了工，也会抓紧上织布机织布。

“咔嚓！咔嚓！”双脚踩踏织布机底部的两个木板脚蹬子，左右手轮换传送一个小木梭子。一根细棉线从梭芯拉出，织布机上的经线，加上梭子拉出的纬线，慢慢地，慢慢地，棉花变成了布。

棉布一天天地在加长……

日本鬼子要这么多布做啥？谁也摸不清楚日本鬼子的心事。

妈妈在织布机上穿着梭子织布，来来回回穿着梭子，不时发出紧布的“咔哒”声。而织好的这些布谁都不知道用来做啥。崔振芳听着响声有些无能为力的烦躁。

墙头上的麻油灯摇着豆粒大的火苗，一面墙壁上妈妈的身影像一道起伏的山岭。崔振芳把眼睛挪到楼梯旮旯，弟弟在那里藏着，他被日本鬼子吓傻了，总是躲藏在黑暗的地方。

地锅水烧开了，妈妈抬头对崔振芳说：“下米。”

崔振芳“哎”了一声，把放在锅边的米下进了锅里。

妈妈说：“男人吃了粮食才能顶天立地。”

她指望外甥给舅舅报仇呢！

在灶前烧火的妹妹细花看到娘的心事重了，很安静地坐在小板凳上拉风箱，看着白色的干草在灶膛里红红地燃起来。水翻滚了两下，她小大人似的把下入锅中的半生小米，拿笊篱捞出来，吃力地又换了一口锅，倒入麻油，放了葱花翻炒了几下，等香味出来时倒入去年沤下的酸菜，然后在烧热的酸菜上倒入小米，熄了火，让火的余温慢慢焖熟锅里的小米焖饭。

妈妈有点控制不住情绪，一边织布，一边鼻头酸了一下，扭着脑袋看窗外。天黑得什么也看不清楚，风扑打着麻纸窗户，爸爸修碉堡还没有回来。妈妈想起了舅舅张双虎，舅舅是为了去日本鬼子那里夺回粮食被日本人杀害的。舅舅的尸骨都被日本鬼子扔到山里不知什么地方了。妈妈此刻哭得几乎不能言语，手有些痉挛，握不住织布梭子，瑟瑟缩缩的身子抖得像筛糠，眼泪滴在白布上。

崔振芳想逃跑出村去寻找八路军，这样的日子让他要窒息了。自己已经是八路军了，一定要主动去找到组织。高崖底到处是日本鬼子的岗哨，想逃跑真是得找一个好机会。

崔振芳觉得自己是八路军的人却不知道组织在哪里，又一点都帮不了妈妈，真是没用啊，他咧开嘴悲伤地笑了一下，他笑好好的日子就这样被日本人糟蹋了。

妈妈说："去看看你爸爸咋还没有回来。"

崔振芳出门去日本鬼子修碉堡的地方找爸爸。

就着月光走到灯亮的热闹处，寒风凛冽中看到修碉堡的人们脸上的汗像蚯蚓一样扭扭捏捏挂了下来，荡了土灰的脸因汗水冲刷看上去像一个一个花狸猫。他没有看到爸爸。这时候他听到寺庙内有人声，不自觉走过去。

毛利小队长穿了日本人造的水袜子，是那种大脚趾与其余四脚趾分开的袜子，脚踏木屐，手里拿着刀，要一个同样也穿了水袜子、木屐的民夫和他比武，只是那民夫手里拿着的是一个很短的木棍子。民夫穿那样的东西不会走路，不会像日本人那样迈小碎步，咯哒咯哒走。就因为看着民夫不会迈日本人的小碎步，日本鬼子就笑了，看西洋景一样地弯了腰笑。

民夫看到日本人笑了，自己也笑了。崔振芳看到那个民夫不是别人，正是自己的爸爸。

毛利小队长止住了笑，拿刀指着穿水袜子的爸爸，在他不防备时来了两刀。爸爸的脸霎时就白了，有些紧张也有些害怕，举着手中的木棍东倒西歪地招架着，不防备被毛利小队长的刀掀了头上的羊肚肚手巾，心里一下慌了，照着毛利小队长扔过木棍去，掉头想跑开，脚下的水袜子和木屐限制了他，毛利小队长在他跑开的一瞬间，把刀插在了他的脊背上。

崔振芳大喊一声“爸爸”就要跑过去，周围看西洋景的民夫们发现事情远比他们想象的要严重得多。他们紧紧拽住崔振芳的胳膊。毛利小队长这回是很和蔼地笑，那笑慢慢地一丝一点儿变化着，笑着回着头往前走着。

前方有10米远的地方是伙房，伙房外有一眼井，井绳拖进了水井里，井台上放着一只桶，桶里还没有水吊上来。日本人要一个民夫摇着辘轳往上吊水，辘轳转动的声音吱扭吱扭的。一切安静得很。

两个日本鬼子从工地拖进一个民夫，他在逃跑时被日本鬼子逮了回来，日本鬼子要惩罚他，惩罚他是为了杀鸡给猴看。

一个日本鬼子捏了民夫的鼻子，另一个将民夫的手反背了，拿了马瓢开始笑着往民夫嘴里灌水。民夫一开始还扭着身体反抗，接下来，无力反抗的他肚子一点一点鼓起来，像驴肚一样。

日本鬼子开心极了，憋闷得好久没有这样的娱乐了。丢开民夫时，民夫嘴里的井水喷泉一样喷了出来。

辘轳转动，井绳继续蛇行探进井里，水桶“咕咚”一声落下，一桶水又吱吱扭扭吊了上来。

鬼子的恶作剧还没有结束，他们继续把这个民夫按下去捏住鼻子，民夫为了呼吸把嘴张大了，井水在他大口呼气时再一次被灌了进去。日本鬼子笑着、闹着、灌着，看着地上躺着的民夫那鼓起的滚圆的肚子，日本鬼子呼扇着两耳叉的猪耳朵帽子，拍着手，真是好玩儿啊。

崔振芳的眼睛突然红了，血红的眼睛几乎要喷出鲜血。

高崖底村有胆子大的上去和翻译交涉，这样会影响民夫继续修碉堡，民夫情绪不好一切后果都是不可预测的。

这样交涉一番，一场闹剧才草草收场。

崔振芳握着爸爸的手，几个民夫一起抬着爸爸回到了家。

妈妈木然地倚门站着，看见抬着人进来时，妈妈全身瘫软跌倒在地，战栗、喘息，然后是眼泪大把大把地落下来。妈妈俯身望着夜以继日相伴的男人，她的手在他脸上一遍遍抚摩，想把心里生动的温存刻进他的骨头里。

爸爸的脸上没有一点血色，人已经气绝。

妹妹细花拉着妈妈的手，以往崔振芳总是喊她黄毛丫头，此刻在明月的照耀下她的眼睛里露出惊恐不安的神色，对躺在院子里的死去的爸爸开始躲闪。弟弟猫娃子的胸脯一鼓一鼓，嘴里想喊什么又喊不出来。民夫们从铁匠棚子里挪出一口大缸，倒掉里面的积水，他们抬起爸爸，脱掉他脚上日本人穿的水袜子和木屐，给他换上一双山里人的老套鞋，然后用力曲住他的双腿，把他放入缸中。

崔振芳看到月华落在缸沿上。亮光光的月华，爸爸一定会在月华中起死回生。

看着大缸被抬走，崔振芳甚至没有阻拦，当然也没有跟着出去。崔振芳觉得一切都是一场梦，那个被抬走的人一定不是爸爸。

看着月华满地，他突然想唱。

明月，明月光光，
照谷场，
谷场上农人忙。
筐儿满，扁担长，
忽忽悠悠粮满仓。
春天种，秋天收，
春种秋收庄稼好哇，
家家户户乐陶陶。

明月，明月光光，

照窗棂，东屋住着羊娘娘。
羊娘娘，胡子长，
剪下几根缝衣裳。
一针针，一线线，
做件皮袄送给爹，
爹爹穿上喜洋洋。

夜静时，窗棂上有月光射进来，一只蝙蝠笨拙地吊在窗楣上，偶尔轻轻地晃动一下，或许是因为月华。

全家人都在等，也许爸爸会回来。妈妈的织布声“咔哒咔哒”。

小时候妈妈说，蝙蝠是由老鼠变成的，因为老鼠偷吃了盐，它的身体里便生出了一对翅膀。夜行夜归，无来由地想到了爸爸，他和蝙蝠一样，会在某个夜晚回到这里吗？身体中逝去的时光略略沉重，这一夜，崔振芳梦见自己长了一对蝙蝠的翅膀，借助飞翔的特殊功能，他飞呀飞，飞到对面的山头上。

那对翅膀一下子折了，惊得他出了一身汗，醒来时看窗楣上，那只蝙蝠还吊着。

妈妈已经和衣躺下，弟弟和妹妹蜷曲在炕墙处。崔振芳悄悄穿了破衣裳走出院子，他要跟着那蝙蝠走，夜行的蝙蝠一定知道羊肠路从哪里进山。

九 夜行的蝙蝠

崔振芳跟着蝙蝠从高崖底的一条死胡同爬上一棵老槐树，然后顺着墙走过一户人家的屋顶，由另一棵老槐树上爬出村外。这是一个很少有人知道的进山路，蝙蝠知道。

明月在天幕上静静挂着，月华洒满了山林。崔振芳望着天空，天地之间似乎什么事情都没有发生，又似乎发生的事情是一种假象。他努力回想着傍晚时晚霞是如何一点一点消失的，暮色是如何一点一点地将美丽的黄昏拖进了黑暗的深渊，爸爸的打铁声是如何断在乌鸦的叫声里，而井绳吊着吱扭扭响的水桶，灌入民夫肚子里的井水大口从民夫嘴里喷涌而出。回想中他似乎看见爸爸脚上日本鬼子的木屐、水袜子，看见大刀朝着爸爸刺过来的一瞬间……崔振芳激灵了一下，他明白所有发生的都是真实的。

崔振芳在半夜时分跟着一只蝙蝠走入夜幕中。明月还在天上，蝙蝠带领他走，他跟着蝙蝠从高崖底的一条死胡同爬上一棵老槐树，然后顺着墙走过一户人家的屋顶，由另一棵老槐树上爬出村外。这是一个很少有人知道的进山路，蝙蝠知道。

他要去找八路军。仇恨满胸膛，他的眼睛红了，干涩的喉咙里有野兽般的狂叫，他想发出咆哮的声音。

后山有一条被荆棘覆盖的路，羊肠子一样盘曲着。这条路通往后山远一些的地方，那地方确实如日本鬼子所说，有一个叫“黄崖洞”的地方。

老百姓都叫它黄龙洞，因洞内曾经住有一条巨大的黄龙而得名。传说，黄龙在洞内修行七千七百七十七天，最后得道成仙后化身为黄龙真人。黄龙真人后赴昆仑山做了元始天尊门下的弟子。

黄龙真人走后，黄龙洞下有一瓮圪廊水池，水池中有一只成妖的乌龟出来兴风作浪，残害百姓，将此处一良善之家老者的九个姑娘抢去做他九个儿子的媳妇。九个姑娘日日以泪洗面，泪水流成了瀑布，从黄龙洞高处流下来，远远看上去就像晒着的五彩布。老者悲痛欲绝。此事被天神得知后报与玉帝，玉帝令黄龙真人回山降妖，为民除害。九姐妹得救后将九个龟儿子打入九个山头下，她们分别坐定山头，令龟儿子永世不得翻身。

黄龙洞周围的山崖峭立，因其阻隔，山里人到山外挑煤驮炭升烟为炊，要绕一天才能出山。

有砍柴的樵夫看到过一只大鸟穿越峡谷时撞死在了绝壁上，黄龙洞拔地逼云处鸟都飞不过去，八路军如果真藏在那里，日本鬼子肯定找不见。

一抹晨阳从山头上照射下来，寥廓的天空有大雁北飞，大地上铺着去冬层层叠叠的落叶，落叶里藏着一些看不见的石头和顶破虚土的草芽。虚土踩滑了，石头绊脚，崔振芳磨破了鞋子，脚趾露出来，因磕碰脚趾乌青乌青，疼。脸上被荆条和圪针划出多道口子，他一点都没有感觉。他不知道自己要走到什么时候才能找到八路军，也不知道会在山里遇见什么意外，但是，他什么都不怕。

一片又一片树叶从大树上、从崔振芳的眼前飘落，树叶在飘落的过程中打着旋旋，而树叶上闪烁着的日头红光仿佛写着“八路军”三个字，走累了的崔振芳一下又精神了。

口渴时喝一口石头缝隙里渗出的泉水，饿了找一些去年秋天落在地上的野果子充饥。他就这样从山顶上绕过日本鬼子占领的村庄，绕过一座又一座山峰，直到看不见人烟。

当崔振芳从东北方向一条宽仅丈许、倾斜45度的山间险道登上一处晒布崖时，他看到了崖底的桃花寨。

桃花寨踞高就险，四周全是悬崖绝壁。突然，有人从什么地方蹿出来大声呵斥道：“小鬼，你从哪里来?”

崔振芳听出是老乡说话，他便不害怕，何况他已经把“害怕”丢在了高崖底的夜里。

“我是八路军。”

那个人笑了，笑这个娃娃小小年纪会说谎话。

“哪里写着你是八路军？”

日头照得崔振芳睁不开眼睛，他皱着眉头，瞪着血红的眼睛大声喊：

“月华会告诉你我是八路军！蝙蝠会告诉你我是八路军！高山会告诉你我是八路军！”

那人看着激动的崔振芳说：“是天上的月华？是地上的月华？”

崔振芳急哭了，憋了一肚子的仇恨，他要倾诉，要报仇，要学本领，要去杀日本鬼子！

这时，山凹处传来歌声：

大刀向鬼子们的头上砍去

全国爱国的同胞们

抗战的一天来到了
抗战的一天来到了
前面有东北的义勇军
后面有全国的老百姓
咱们团结战斗勇敢向前
看准那敌人
把他消灭
把他消灭
冲啊
大刀向鬼子们的头上砍去

大刀向鬼子们的头上砍去
全国爱国的同胞们
抗战的一天来到了
抗战的一天来到了
前面有东北的义勇军
后面有全国的老百姓

咱们团结战斗勇敢向前
看准那敌人
把他消灭
把他消灭
把他消灭
把他消灭
冲啊
大刀向鬼子们的头上砍去
杀——

崔振芳破涕为笑，喊道：“我找到八路军了，我找到八路军了！”

山上下来一位穿灰军装的年轻战士，拉着崔振芳的手，领着他走进桃花寨。路遇的人都疼爱地看着他，有人走近摸摸他的头，有人递给他一块干馍馍。

当崔振芳看到地塄上站着的方教导员时，方教导员也看见了他。

方教导员大声喊道："小鬼，崔振芳！"

崔振芳上前抱着方教导员，像见到亲人，眼泪再一次不争气地流了出来。他急于倾诉，他要把日本鬼子的恶行讲给方教导员，他还要问一问，为什么八路军光游不击？为什么舍下高崖底的老百姓让日本鬼子长驱直入占领着不走？

方教导员说："八路军战士崔振芳，现在先去吃一顿饱饭，然后我们再听你讲高崖底的事。这是命令，八路军战士就要服从命令。"

崔振芳还不会行军礼，还不知道该做什么，反正就拉着方教导员的手不管不顾不丢手，他怕方教导员丢下他，那样他就成了没王的蜂。

战士怎么也掰不开崔振芳抓着方教导员的手。方教导员示意战士走开，顺从地拉着崔振芳一起去了伙房，他要看着这个投奔八路军的红小鬼吃一顿饱饭，听他讲发生在高崖底的故事。

崔振芳拿着馍馍端了菜在伙房院边看着。那是一种什么样的劳作场景啊，有铁匠炉熊熊燃烧，打铁匠人锤起锤落叮叮当当；有木匠们扯着大锯你来我往；还有缝补军衣的女战士坐在铁匠炉前，一边唱着歌一边缝补军衣；有翻砂工、修理工。地上缴获的破旧枪支很多，一些战士在挑拣、装配、修理。

方教导员指着远处："工人把打过的空弹壳重新组装，然后添上土火药，把废铜壳子熔化后制成子弹头。这种子弹虽射程不远，效果差，但近距离很管用。我们太缺弹药了！"

方教导员看着崔振芳又说："这里异常辛苦，早上5点起床，脸顾不上洗就去上班，一干就到深夜12点。没有电就用煤气灯，甚至用枞膏照明。有时连饭都吃不饱，更谈不上军饷。但这里的工人们干劲十足，为了穷苦人，为了撵走日本鬼子，为了革命早日成功，大家不怕苦更不怕累。虽然条件艰苦，但纪律从不松懈，若有不遵守纪律的，都会受到严

八路

眼泪再一次不争气地流了出来。

厉的批评。你年龄小，就怕你吃不了苦，待几天如不行，我们送你回去。”

崔振芳眼睛里满含泪水，大声说：“我吃得苦。日本鬼子杀了我舅舅和我爸爸，杀了秃子，我当了八路军，被日本鬼子知道是要砍头的，难道要我回去送死吗？吃苦算什么！”

憋红脸的崔振芳用手抹了一下眼泪，看见方教导员点头表示同意，他胸中的痛苦才一点点缓解了。

崔振芳接下来被临时安排在特务团下边的司号班，司号班全都是十六七岁的少年。第一天开课，方教导员发给崔振芳一支黄铜小号，沉甸甸的黄铜小号在阳光下闪烁着金色的光芒。

方教导员说：“记住：军号尾部的红绸穗子，是红旗的一角。”

一种无法言说的力量直击人心，崔振芳看着营地上空飘扬的红旗，庄严地点点头。

方教导员示意他，看其他小战士吹号的样子，学着吹。结果，他脸憋得通红，什么声音也吹不出来。方教导员拿过崔振芳手里的军号，开始给他讲解军号的原理。

“吹军号时，上下唇一定要抿紧，依靠双唇之间微小的椭圆形缝隙吹气，进而吹响它。

“军号是无按键的乐器，当双唇抿紧依靠小缝吹气时，气流通过军号的号嘴吹入军号的管内，使管内空气随之振动发出声音，并通过开放样式的喇叭口，扩大它的音量。

“口中吹出气的强弱、双唇缝隙的大小，直接影响号声的高低、音色。先要深吸一口气，学会将气聚集在心口处，之后通过双唇将气吐出，使气流通过号嘴发出蜂鸣般的声音，最后通过军号像喇叭花一样的喇叭口，将声音扩大传递出去。”

第一次听教导员这样讲，虽然听得很认真，但崔振芳其实没有完全记下来。他决定先试一试。在小战士李小毛的帮助下，他深吸一口气，先憋在心口，然后含住号嘴，鼓起腮帮子使劲吹，可试了几次，虽然脸憋得通红，军号依然无法吹响。心里一急，崔振芳难过得眼泪都流了出来。

方教导员抚摸着他的头说：“刚开始学习都这样。你先别着急，记住，熟能生巧。你先开始练嘴唇，练习如何抿紧嘴唇、通过嘴唇之间的小缝吐出气流。”

司号班的课堂没有固定地方，有阳光时就露天讲，没阳光时就在黄龙洞内，石板凳子，石板桌子；上课老师也不确定，首长好像有大事做，只是空余时间才会给司号班的小战士们讲课。方教导员在司号班课堂上讲了好多小战士们从来没有听说过的故事，很新奇，都是围绕军号来讲。

方教导员讲：“闻鼓声而进，闻金声而退。鼓声是战鼓发出的声音，金声就是你们手里拿着的军号这类的金属发出的声音。闻鼓声而进，闻金声而退，讲的是古时候战场上，开战和退兵都以击鼓鸣金为信号。我们的祖先黄帝和蚩尤大战，黄帝偶然间捕获了一头像牛一样的动物，这头牛一样的动物有一个很大的特点，就是叫声如雷。黄帝就把这个大家伙的皮剥了下来，制成了八十面战鼓，让他的士兵击鼓传声，鼓舞斗志。和击鼓不同的是，到傍晚日落时，他让战士敲击金属发出金属的声音，这就是让战士回营房休息的信号，叫鸣金收兵。”

方教导员看着崔振芳因练号肿起的嘴唇，笑着安顿司号员李小毛，为崔振芳多开小灶，多教他一些练习的方法。

李小毛告诉崔振芳，练习吹号，起效慢，也没有诀窍，从起床号、操课号、开饭号到熄灯号，要逐一练习；每种号音都需要成千上万次练习；音调的高低、音准的把握，是司号员训练的重点。李小毛说，我们一开始也是这样练习的，嘴唇肿胀，腮帮子发疼……世界上任何本领都不是那么容易掌握的，多练习，多总结，肯下功夫，就能够更快地掌握技巧。

每天不等司号员吹响起床号，崔振芳已经拿着小号离开营房，开始做训练前的准备了。他活动嘴巴，擦拭小号，熟悉口型……在他的心里，军号不只是一种乐器，更是责任与担当，他记得方教导员的话：军号的红绸穗子，是红旗的一角。

嘴唇肿了消、消了肿，面颊酸痛发麻，歇缓不过来，但当崔振芳听到自己吹出号声的那一刻，强烈的自豪感油然而生。

崔振芳日复一日地勤奋练习，军号吹奏水平逐渐提高。

可是，崔振芳渐渐产生了一种消极的情绪，他有点想不通，难道自己参加八路军，就为了练习吹响几个音的黄铜小号？

十　千里眼和顺风耳

送信人把情报藏在猪尿泡里，把猪尿泡系在裤腰上。日本鬼子搜身时看见猪尿泡好耍，一脚就踢了出去，这边等搜身结束了，猪尿泡已经被踢出了检查站。

1941年7月的一天，16岁的崔振芳正式成为八路军黄崖洞修械所特务团司号班的一名新兵。他的个子像钻天杨似的蹿了起来。也是这一天，崔振芳加入了中国共产党。

作为一名中国共产党党员，崔振芳的心境一下就和往日不一样了。看见小个子学员，他会上前摸摸头喊一声："小鬼。"

对方很不服气，仰着脖子给他一个白眼。他的心胸似乎也大了，甚至很孩子气地笑着："是不是想家了？"

其实是他自己想家了。

想妈妈和弟弟猫娃子、妹妹细花，也想高崖底村的小伙伴。桃花寨每天都能传来山外的消息。春天落下的种子出苗后，天旱得好久不下雨了，青苗都发蔫了。日本鬼子每天都挎着枪，稳稳坐在马脊上指挥着民夫到处修碉堡，依旧杀人不眨眼，不过他们也有人变化无常，手舞足蹈、狂笑一阵子，笑着笑着就疯了。

是真疯了。

“离家别国不疯也要装疯。”

“是真疯了，趴在地上吃马粪。”

“日本鬼子吃马粪？”

“吃马粪。”

头顶的日头，日渐偏西，阵阵凉风送爽，鸡冠山上的树和草坡开出大片的花朵，有女八路军战士用花编了帽子戴在头上。她们穿着灰军装，扎着皮带，挂着小手枪，英姿飒爽地打着手势学唱歌：

黄水奔流向东方
河流万里长
水又急
浪又高
奔腾叫啸如虎狼
开河渠
筑堤防
河东千里成平壤
麦苗儿肥啊
豆花儿香
男女老少喜洋洋
自从鬼子来
百姓遭了殃
奸淫烧杀
一片凄凉
扶老携幼
四处逃亡

丢掉了爹娘

回不了家乡

黄水奔流日夜忙

妻离子散

天各一方

妻离子散

天各一方

看着女战士一个个神采奕奕的样子，大家不由得也加入了她们的唱歌队伍。

山外还有消息传来，说有些大村背着日伪当局，偷偷办起了私塾，教娃娃们读“四书”“五经”。日本鬼子也办起了学堂，强迫中国人学日语，不准办念中国文字的私塾，如若发现，当即取缔。那些娃娃每天都要学日语，背不过就挨教棍打嘴巴。不过民间已经暗传了一句话：

“日本语，不用学，再过三年用不着。”

难道说日本鬼子再有三年就滚蛋了?

旁边的王联防营长说:“庄稼人的眼光就是毒，一下就把未来看明白了。”

这时候山口上走来两头小毛驴，驮着粮食。小毛驴爬坡时拽脖摇铃，不时发出吃力的“吭吭”声。崔振芳跑过去从驴身上扛起一口袋粮食，一路满头大汗，气喘吁吁跑过来。

王营长很满意地看着崔振芳，这娃是眼里有活儿的人，小后生不赖，将来有出息。

有女战士喊:“崔振芳，汗珠子落地摔了几瓣?”

有人替崔振芳说:“崔振芳的汗珠子落地摔了八瓣儿。”

崔振芳今天高兴，任由他们开玩笑。看见几个八路军战士缠着赶毛驴的大叔要他讲山外的事，崔振芳也凑过去听。

大叔抽着旱烟袋说:几日前日军从阳城出发向晋城进犯，路经峪南村。进村后，先抓到一个哑巴，哑巴既听不见声音也不会说话，嘴里就一个字“啊”，左说是“啊”，右说也是“啊”，问不出个所以然来。日本鬼子就因为一个“啊”字，将哑巴捅死了。又抓住一个过路的群众，群众吓得闭口不言，日本鬼子认为，连一个“啊”字都不会说的人，活着有啥用，拿着刀也处理了他。最后，日本鬼子去了上溪沟，将躲在那里的老百姓全部包围起来。他们不问青红皂白，端着机枪就扫射，43具尸体倒在地上。日本鬼子走后，死人堆里拱出来一个3岁小孩。他不知道怕，亲人的保护让他侥幸活了下来，3岁的他还没有名字、还不懂事时，他的村庄和亲人就都没有了。

“那3岁小孩在哪里？”

“活下来了。外村的亲戚抱走了。”

“日本鬼子在中国欠下了一笔又一笔血债！”

听着的人心里五味杂陈。来黄崖洞修械所的人，哪一个的家庭没有受过日本鬼子的蹂躏和屠杀？女战士流着泪，要大叔继续讲。血债血偿，她们想知道日本鬼子更多的罪行。

赶驴大叔说：日本鬼子杀人的事三天三夜也说不完。我给你们讲讲“鸡毛信”的故事吧。故事发生在和上党交界的高平县。高平县有五个特殊的村子，一是高平伯方村，二是邢村，三是杜寨，四是石村，五是凤和。这五个村子里，都驻有八路军，五个村子互通情报时用的就是“鸡毛信”。

那是1939年，是共产党八路军情报收集和传递工作最困难的一年，在晋东南有数十万日军“大扫荡”，还有25万国民党军队追兵围追堵截，重重封锁交通线。

交通线是啥？是八路军沟通和运输的命脉。当年12月25日，在344旅加强营掩护下，突破敌人九道防线，八路军才把一位将军从沁水县小柿庄秘密接到石村，召开军政连以上干部大会。会上提到因情报滞后，导致数百名革命战士牺牲，给革命造成重大损失。针对八路军情报落后、渠道不畅、信息不通的问题，一个叫黄克诚的共产党高级将领在会上提出“拿鸡毛，当信使”的方法，送信时在信封上粘贴鸡毛。鸡毛信成为八路军作战的“千里眼”“顺风耳”。

“鸡毛信是用鸡毛写的信吗？”

“一定是鸡毛蘸墨写下的信。”

“鸡毛的能耐真是大。”

赶驴大叔哈哈笑着边在地上画边说：“在没有鸡毛信之前，只是在信的右上角画‘++’号。用上鸡毛信，有一根、两根、三根鸡毛几种级别，以三根鸡毛为最高级别，那是十万火急啊！出现三根鸡毛的鸡毛信，一般要派一个营或一个连的战士护送。”

王营长走过来说：“鸡毛信是咱八路军的秘密联络方式。日本鬼子全面封锁太行山区交通后，大山深处的八路军部队没有电台设备，靠“民运队”“妇

政委收

“鸡毛的能耐真是大。”

救会”“青救会”和交通站已经送不出信去，便让儿童团的放羊娃传递鸡毛信，有羽梗的大鸡毛，可直接插入信封；有羽绒的小鸡毛，用糨糊粘贴在信封上就成。”

赶驴大叔说：“有一天哇，石村需要往杜寨送一封信，结果下大雨。在雨天送鸡毛信，最怕被日本鬼子搜查出来，送信人便把情报藏在猪尿泡里，把猪尿泡系在裤腰上。日本鬼子搜身时看见猪尿泡好耍，一脚就踢了出去，这边等搜身结束了，猪尿泡已经被踢出了检查站。日本鬼子这一脚踢得既保险又安全。”

王营长说：“送鸡毛信的人可得是有脑子的人，没有脑子的人是想不出这个方法的。当然啦，这个方法有很大的危险性，绞尽脑汁想出来，往往只能用一次。送信也需要游击战术，日本鬼子有伪军帮忙，很容易吃透中国人的心思。”

崔振芳指着赶驴叔地上画的”＋＋“问：“那这

是什么意思？”

赶驴大叔说：“信分一般件、急件、特急件，在信的右上角以‘＋’‘＋＋’‘＋＋＋’表示紧急程度。鸡毛代替‘＋＋’的鸡毛信，就是在信封上插一根、两根、三根鸡毛，也是表示内容和时间的紧急程度，送信人把信送到地点后，凭收条注明送达时间。这就是所谓的‘鸡毛信’。”

崔振芳还是有些不明白。他想，八路军的学问不是一般大，和日本鬼子不仅要斗勇，还要斗智呀。

十一 半夜去摸枪

两个人一拍即合，鬼鬼祟祟猫着腰摸往制造车间。看着地上做好的枪和手榴弹，两个人刚想上前去摸，突然被一双大手揪住领口提了起来。

正午的阳光有些毒，细碎的尘粒飞舞着。躲在树荫下歇凉的崔振芳长长吸了一口气，吸得有点用力过猛，觉得有些晕眩。在瞬间的眩晕中，幻觉出现了，他觉得天空扩大了许多倍。

扩大的天空只一闪，就从崔振芳的脸上移走了。

他等李小毛和几个小八路战士从鸡冠山悬崖练小号结束后，一起往桃花寨走去。很短的一截路。他盯着脚下的影子，尽量下颌内收，双目平视，下沉的双肩让他的胸凹了进去。黄铜小号就贴在崔振芳的胸口上，如缺氧的一尾鱼。

崔振芳实在是不想吹小号了，天天吹，有什么用？总是听人讲山外的战斗如何激烈，山里造手榴弹和步枪的人特别辛苦，而他呢，整日里吹号，手榴弹和步枪他摸都没有摸过一下，更别说将手榴弹扔向敌人了。

他想换一个地方，不想在司号班了。

找到营长王联防，崔振芳说：“王营长，我不想在司号班了，整天吹号！我都参加八路军了，到现在也没有甩过手榴弹，没有瞄准打过枪。我当八路军可不是来吹号的。”

王营长知道红小鬼崔振芳的思想结了小疙瘩，没有明白他要做的事有多么重要。

王营长说：“我来给你讲一个巾帼不让须眉的故事吧。”

崔振芳好奇地问：“王营长，巾帼是什么？须眉又是什么？怎么有这么多新鲜的词啊！”

王营长说：“巾帼是古代女人头上的头巾，后来人用‘巾帼’来指女人。须是男人的胡须，眉指男人的眉毛，古代的人不剃头发，还留着长长的胡须，后人用‘须眉’来指男人。巾帼不让须眉，就是女人跟男人一样可以大有作为。你看我们修械所的女战士，她们英姿飒爽，生活中缝缝补补，战斗中冲锋陷阵，个个都是巾帼英雄。”

崔振芳点了点头。

王营长接着讲：“古时候有一位擂鼓击退敌人的巾帼英雄，叫梁红玉。有一次，江面上展开了战斗。江面上打仗，讲究排兵布阵，要求战船队形有章法，不能偏离主帅战船。战船布阵一旦队形松散，就会造成被迎面而来的敌人几处夹击的局面。炸弹不长眼睛，双方一旦开火，烟火笼罩，弓箭和石块飞来飞去，就更不容易观察到敌人在哪儿了。主帅要想精准指挥战斗，就需要一位站在高处、能看得清排兵布阵的擂鼓手来提示战斗的方向。女将梁红玉就成了这个擂鼓手。她为了协助主帅作战，站在江边的金山高处，擂鼓助阵。”

崔振芳“哦”了一声，又疑惑地问：“王营长，擂鼓助阵和吹军号有什么关系呀?”

王营长摸摸崔振芳一脑门问号的小脑袋，继续讲：“因为站得高才能看得远呀，如果你站在黄崖洞的高处看进山的路，是不是能及时看见出现的敌情?古代没有军号，擂鼓如同吹响军号，鼓点敲响如同冲锋号响起。主帅听着鼓声响起，便指挥战船扯帆迎敌，敌人就会闻风丧胆。”

这个故事说服了崔振芳，让他了解了冲锋号的重要性，但也没有动摇他想上战场的决心。

王营长说：“当战争发生的时候，军号的用途就像梁红玉擂鼓协助战斗一样，传递信号和指令，点燃战士的血性。小鬼，军号的重要性你应该知道了吧?你想摸手榴弹好说呀，下一次战斗带着你，你可以看到战士是怎么投弹的。”

崔振芳兴奋地说：“王营长，我不想看战士们投弹，我想自己投手榴弹!”

王营长说："你这个小鬼，得寸进尺！你现在还小，还不知道我们每造一颗手榴弹都要付出多少时间和努力。和日本军队比，我们的条件非常落后，日本军队侵略我们是有准备而来，我们可是没有防备地在抵抗。我们和日本军队交战的时候因为武器装备的落后，每场战斗中都吃亏。八路军战士都是老百姓的子弟，老百姓的生活水平低下，也根本没有多余的钱可以拿出来捐给部队制造武器。每次上战场，一个士兵身上只能携带10枚左右的子弹，这子弹都是士兵在战场上将空弹壳捡回来填充弹药再次使用的，就算是这样，子弹数量也还是非常稀少。你看那些战士，平时根本没有足够的子弹练习射击，士兵们平时主要拿一些和手榴弹同等重量的东西来练习投掷，想让手榴弹能恰好发挥作用，又避免浪费。现在我们不能浪费一枚手榴弹，一定要把珍贵的手榴弹扔向侵略者的身上。"

崔振芳似乎明白了，又似乎没有明白。想明白也许需要一些时间。

夜很深了。特务团早早吹了熄灯号，生产车间则还在热火朝天地加班。从窗子里看过去，山峦上新月孤独地悬挂着。正是洋槐花盛开的时节，满树满山都开白了，浓郁的香味笼罩了四野。洋槐花的香气透窗而来。崔振芳闻着香气瞧着远处，香气中错落有致的房屋轮廓下机器轰鸣。连女八路军战士都在加班干活，他却在这里准备睡大觉！他想参加战斗！于是，他跟睡在身边的战士说："哎，你睡着了没有？"

对方说："没有。"

崔振芳说："是不是也睡不着？"

对方说："睡不着，总想，不知道战争什么时候结束。"

崔振芳说："战争还没有开始呢。你拿过枪吗？"

明月下，对方忽闪着一双大眼睛说："没有。痛痛快快打一场仗就轮到我们摸枪了。"

崔振芳说：“我们假装去解手，然后去制造车间摸枪去！”

两个人一拍即合，鬼鬼祟祟猫着腰摸往制造车间。看着地上做好的枪和手榴弹，两个人刚想上前去摸，突然被一双大手揪住领口提了起来。

“小鬼，半夜溜号来摸枪，小心处分你们。赶快回去睡觉！”

崔振芳说：“我们想参加战斗，想拿枪打日本鬼子。”

“回去睡觉！打日本鬼子还轮不到你们俩小鬼。”

两个人趁着月华回到营房，一路上很是不情愿。

第二天，赶驴大叔又送粮进山了。

此刻崔振芳拿着小号正在鸡冠山悬崖处练习小号。他看到了晒布崖上被日头照射得五颜六色的流水痕迹。山头上、草丛里静悄悄的，没有烈日下的聒噪，虫子都被晒得不想找吃食了。几只体格很大的蚂蚱跳过草尖，一只麻雀无声地飞进了明亮的阳坡地。

崔振芳一看到赶驴大叔进山，心思一下就活了，他想知道山外的新闻，于是，背上小号急匆匆下了山。

大叔还带来一个名叫赵永才的八路军战士。赵永才看上去是一个和蔼谦虚的人，只是感觉他面容消瘦，看样子好像有病。但是只要说起话来，他就目光炯炯有神，声音洪亮，态度真挚诚恳。崔振芳到时，他正给战士们讲道理，从形势到理论，有理有据，开人心窍。

赵永才穿着有补丁的衣服、露脚跟的袜子、露脚尖的鞋，这在崔振芳心灵深处留下了很多问号。

身边有人悄声议论说，他是地主老财家的儿子，有很高的学历，政治文化水平也高，工作能力很强，还是留洋回来的，为什么要来革命而且要跟上共产党干？是因为国家有难了，他来帮助我们制造一种叫麻尾弹的手榴弹。

王营长说："赵永才对待革命工作竭智尽力，他来黄崖洞修械所是帮助我们制造'五五式步枪'和麻尾弹的。因为熬夜、饥一顿饱一顿，不知道照顾自己，他落下了胃病。"

不顾身心劳累，一个财主的儿子累出了胃病还这样干？崔振芳连带着对高崖底的李财主也有了些好感。可他也知道，李财主是一个自私的人，他绝对舍不得拿一分钱出来给八路军。

旁边的人议论："他一定有真理的精神支柱和坚定不移的信念。除了共产主义的最高理想和国家民族的最高利益，还有什么呢？我们过去走的道路及思想言行与他相比，我们真是太渺小了。"

王营长深有感触地说："花香蜂采蜜，为谁辛苦为谁忙？他知道自己的追求是伟大的。"

赶驴大叔说："昨非今是啊，就看将来吧！他的思想一定比我们理解得深刻。我们就只知道打日本鬼子，他是为了共产主义。了不起的年轻人！他来修械所，是因为他有本事会搞机械构造。”

崔振芳对这个有胃病的人充满了兴趣，特别想走近他。

可是他一直没有机会。人家忙着说话，都没顾得上看这些小八路一眼。

夏天过去进入了秋天。山外传来了消息，修械所已经接到了撤退命令，甚至随时准备出山。因为山外的八路军武工队围堵了日本鬼子一个小分队，这个日本小分队因为半路上电台发生故障，与外界失去了联系，已经在大山里转了十几天了。

日军有个三十六师团二二二联队，一大队编组了两个放火中队，这是其中一个中队的一小股。武工队的人从零星听到的日军对话中知道，在华北方面军对地方作战中，日军此行接到了命令：

“凡是敌人区域内的人，不问男女老少，撤退前应全部杀死；所有房屋，应一律烧毁；所有粮秣，其不能搬运的，亦一律烧毁；锅碗要一律打碎，井要一律埋死或投下毒药……”

这是他们对老百姓实施“治安强化”的最后决定，因为日军准备包围黄崖洞修械所，不摧毁这个修械所，他们决不罢休。也就是说，一场大战即将到来。

说话间山上酸枣初红，时近深秋。赵永才感染了痢疾，每天往厕所跑十几次。大家都很着急。

“秋后老来痢”是很可怕的。

赵永才说：“不要紧，我每年秋天都闹痢疾，是周期性的。”

尽管如此，大家仍很担心。敌工部刘部长闻知后，马上派来医生给赵永才诊断，吃药打针并举。刘部长每日数次探视，安排饮食护理，关怀备至。崔振芳几人也跑前跑后，七手八脚，递水端饭，左右不离。

经过十几天的治疗，赵永才的痢疾逐渐好了。看他身体恢复了，崔振芳心里有说不出的开心，想和人家多说几句话，人家又抓紧时间投身工作中，根本没时间理他们。

时间急迫，赵永才为了研制一个什么零件搬了家。搬家时他把一支金星水笔忘在了炕席底下。第二天在他尚未发觉的时候，崔振芳已经拿着水笔送到了他面前。他惊喜之余，连声说“是我忘记拿了”。崔振芳看到他在本子上勾画着什么，因为没有水笔，就把子弹卡子的钢皮剪成笔尖，蘸墨水写字画图。

赵永才摸着崔振芳的头，欣慰地说：“这支金星水笔是比较金贵的，你这个小鬼竟然‘拾金不昧’，物归原主。如此严守纪律的军队，还愁打不了胜仗吗？”又问：“小鬼，你在修械所主要做什么？”

崔振芳说：“我的任务是学文化和学司号，到现在都没有摸过枪和手榴弹。看，对面的鸡冠山，我每天拿着小号去那里对着崖壁吹，用劲吹时脑海里就会变幻出五颜六色的光芒，浮浮荡荡。在那里回过头看山洼里的修械所，机器轰鸣，战士们进进出出，热火朝天，自己却每天在这里对着悬崖吹号，我心里老大不情愿。”

赵永才说：“你参加八路军是为了什么？”

崔振芳回答：“打日本鬼子。”

赵永才说：“部队分工不同，吹号也是八路军战士的任务之一，难道没有人和你讲过，战场上军号可以指挥千军万马？小鬼，你叫什么名字？”

崔振芳说：“我叫崔振芳。”

赵永才拿起金星水笔在笔记本上写下了“崔振芳”三个字，说：好名字，威震四方！

崔振芳心里酸酸的，没拿过枪、没放过炮的人，怎么威震四方？

十二　鼓鼓嘴，跑断腿

太行山地广人稀，丘陵起伏，当地人形容说：“看山不见山，走山如走川，骑马一蹦子，步行得半天。”

黄崖洞修械所的文化课堂，说是课堂，其实就是工棚，石头摞石头，横七竖八摆成课桌，屁股下也是石头，石头写字板和石笔。

学员们年龄参差不齐，大都不认识字。崔振芳跟老师学写自己的名字。当老师教他写“崔振芳”三个字时，他想，原来自己的名字这么难写呀。他歪歪扭扭把自己的名字写在泥地上，石头上，墙壁上。他想让所有人记住他的名字。

教文化课的张润祥老师看他情绪低落，找他谈心。崔振芳毫不掩藏自己的情绪。

崔振芳说，自己从高崖底逃出来寻找八路军，就是为了参加革命打鬼子。日本鬼子杀了他的父亲，高崖底遭受了日军“扫荡”，自己对日本鬼子恨之入骨，就想要来一场面对面的战斗。

张润祥老师说：“报仇当然重要，可报仇不是硬碰硬。学习司号，当一名小号手，也是报仇。”

崔振芳想，吹号能报仇？天大的笑话。

张润祥老师说：“司号员是我军独有的一个兵种，其主要职责就是吹军号。‘司号员鼓鼓嘴，千军万马跑断腿。’当兵打仗谁都知道这句顺口溜。这句流传在军营中的顺口溜，已经形象地说明了司号兵的重要地位。当冲锋号吹响的时候，就是消灭日本鬼子最痛快的时候，就是马上取得胜利的时候。”

崔振芳有点动摇，但还是不服气，对日本鬼子的仇恨使他心中的怒火无法熄灭。

崔振芳急切地想把这些往事和记忆说给赵永才听，找见赵永才时，看人家根本顾不上理他。听战士们讲赵永才造出了新武器，可是从赵永才脸上看不到喜悦，他似乎在谋划着更大的任务。

崔振芳不想多耽搁人家的时间，很知趣地离开了。

纷纷扬扬的大雪，覆盖漫山遍野，让人仿佛身处神话王国。雪中的景色壮丽无比，天地之间浑然一色，群山蜿蜒一片银色，好像整个世界都是用银子装饰而成的。

张润祥老师抓起一把雪，一团一团把雪团成一个小圆球。他高声喊："同学们，我们来堆雪人吧！堆一个日本鬼子，我们用雪球打他个稀巴烂！"

哈，这下子点燃了这些小八路军战士的兴趣，雪球放在地上，滚来滚去。那雪球由小球慢慢变成了一个大球，雪人的头部就完成了。就在这时，天上银色的花瓣停止下落了，好像也被地上这些欢乐玩耍的小战士感染了。

紧接着又做了一个更大的雪球，把大小两个滚好的雪球拼在一起，一个大雪人的头和身体便清晰地呈现了出来。

张润祥老师从伙房拿来一个胡萝卜做了鼻子，学员们则捡两粒马粪填了两只眼睛，嘴巴则捡了一块薄石片儿横插进去。对了，还少了猪耳朵帽子！张润祥老师居然真找来一顶日本鬼子的帽子。哈，完工！

大家仔细地端详着自己的劳动成果，可怎么看也不顺眼。到底是什么地方又出问题了呢？崔振芳挠着脑袋苦思冥想。“啊，是少了人丹胡子！”

他灵机一动，用一团马粪当作一撮人丹胡子，塞到了雪人鼻子和嘴中间。

打啊！早有人迫不及待想开战了，没有等口令，早已团好的雪球便疯狂地打在了雪人身上。

“打倒日本帝国主义！解放新中国！”

张润祥老师带头唱：

我们都是神枪手

每一颗子弹消灭一个敌人

我们都是飞行军

哪怕那山高水又深

在密密的树林里

到处都安排同志们的宿营地

在高高的山冈上

有我们无数的好兄弟

没有吃没有穿

自有那敌人送上前

没有枪没有炮

敌人给我们造

我们生长在这里

每一寸土地都是我们自己的

无论谁要抢占去

我们就和他拼到底

无论谁要抢占去

我们就和他拼——到——底——

拼！到！底！

崔振芳虽然还不会唱这首歌，但是歌曲的旋律感染了他。听着歌声，看着日夜奋斗造枪造麻尾弹的工厂，他想表达什么，因为不认识字又无法表达出来。他在雪地上大大地写下自己的名字，他想告诉日本鬼子，他的名字，叫：崔振芳。

小鬼们又唱又闹间，雪地上走过来一位首长。

首长亲切地挨个问学员："你们参加过哪些战斗？当了几年兵了？"

看着一张张红扑扑的脸，听着他们的回答，首长又说："你们是革命的后备力量，未来是属于你们的。等有一天把日本鬼子赶出中国时，我们一起在这里摆一个大大的庆功宴。"

崔振芳没有经历过战事，也没有摸过枪，庆功宴是什么他不知道，他就想拿手榴弹投向日本鬼子。

这时候，赵永才也走了过来，摸着崔振芳的头听首长讲话。

崔振芳突然想起了日本鬼子要求高崖底人织布这件事。此刻他就想把知道的都告诉赵永才，因为他知道赵永才会制造枪炮，有一个“化学脑袋”。

赵永才对崔振芳印象深刻，知道小家伙报仇心切。

崔振芳仰头说：“高崖底家家户户都在织布，日本鬼子要每户纺织20匹布上缴。”

赵永才陷入了沉思，日本鬼子为什么要让群众织布?

赵永才说：“红小鬼，你反映的情况很及时，日本鬼子要做什么、葫芦里卖什么药，我们还不知道，但是，这一定是日本鬼子预谋的一次大的行动。”

接着，首长又和赵永才说：“目前回来的情报说，正太线敌人运输频繁，到处用武装建立“维持会”，汉奸特务活动也猖狂。上边指示我们要给敌人一个沉重的打击，煞煞他们的嚣张气焰。这一次我想让特务团配合行动，我们的武器既然已经造出来了，那就让我们用敌人来做一个试验吧。”

崔振芳说：“那就是要打游击战啦？”

赵永才点点头。

听说可以参加游击战，崔振芳高兴坏了，他可以摸枪和手榴弹啦！

就在崔振芳离开赵永才不到两小时，一营通讯员跑步来通知：“首长命令，快到团部集合！”

学员们的驻地和团部只隔一道山沟，仅二三里地。一声令下，队伍很快便出发了。出发时，崔振芳手里拿着的不是武器而是黄铜小号。他在兴奋中还是有些难过，就这样走了一路。

太行山地广人稀，丘陵起伏，当地人形容说：

“看山不见山，走山如走川，骑马一蹦子，步行得半天。”

如果问路程有多远，得到的答复常常是：“不远远，一蹦子就到啦。”

日本军队有汽车、火车和装备精良的运动兵力，伪顽匪军都是骑兵，可想而知，要驰骋于东西约千里、南北几百里的丘陵起伏的山里，八路军付出的代价有多大。

“还我河山！”因为有这样的信念支撑，八路军再苦再累都不畏惧。

一路绕山行军，避开村庄，东转西奔，崔振芳也不知道走到哪儿了。白天隐蔽，封锁消息，夜晚行军。连续这么走了三天，许多人脚上起了黄水疱。

崔振芳自言自语：“三天连鬼子的头发都没有见着，怎么老是东跑西转，光游不击啊？”

同行年长一些的同志提醒说：“首长不是说过吗，游击游击，有游有击，声东击西，制造假象，迷惑敌人，诱敌上钩，游的目的还是为了击！”

又过来一位年龄更大、看上去像是文书的人说：“红小鬼，你还小，井冈山时期朱德、毛泽东同志总结出了十六字诀：敌进我退，敌驻我扰，敌疲我打，敌退我追。我们不能打无把握之仗，因为我们武器匮乏，我们比不得日本鬼子的枪炮，只能打游击保存实力和枪弹。”

一番道理，说得崔振芳心里似乎豁然亮了一个小口，脚下顿时有了劲头。欢声笑语又洒满了征途。不过几天下来，兜了好几个圈子，还是没有和日本鬼子正面交锋。

一天晚上，大伙儿望着天空说明月里的神话故事。夜空靛蓝，明月的光辉如水似的。突然，团部传达命令：夜里要急行军奔袭寿阳火车站。全部学员归团首长指挥，任务是担任警戒，负责指挥所的安全。教导员还特地对学员们补充说：

“张润祥老师上课时对你们说过的吧，兵贵神速，出敌不意，是取胜的要领!”

夜深了，部队开始轻装挺进，像离弦的箭，一路上只能听到远处传来的几声狗吠和“沙沙沙”急促的脚步声。穿村过镇，翻山越岭，蹚水过河，又约莫走了三四十里，黎明时分，一口气插到了寿阳火车站。在车站旁的山包上，王营长悄声向各连交代了任务，又招呼几个小司号员过来：

“你们分散开，隐藏在周围的山包上，崔振芳就在这里。只要听见枪声密集响起，崔振芳第一个吹响冲锋号，听到号声，你们几个在各自的山头一起吹响军号应和。记住：对战士来讲，响亮的军号声，就是胜利的曙光！号声响起，战士们只能前进，不能后退，前面的战士倒下了，后面的战士也会立马冲上去。”

崔振芳想到自己还是不能和敌人正面交锋，稍微有些失落，不过因为是第一次参加实地战斗，他还是很激动。听了王营长的话，他明白了，对司号员来说，小号就是武器。他能感觉到，此刻他的手心都在出汗。目送其他司号员分散开隐藏在各自的山头上，他突然感觉到了手中的黄铜小号那沉甸甸的分量。

但见王营长身轻如燕，一跃便翻进了黑暗中。他一定是向着敌人车站机务室的通信枢纽组去了。

随着一声信号枪响，整个车站枪声四起。崔振芳马上吹响了军号。日军、汉奸们这几天早被八路军的其他游击部队闹得疲惫不堪，认为八路军也就是游击一下，没有足够的兵力和枪炮来真格的，正垫高了枕头熟睡着，睡梦中被杀了个尸横遍野。

紧接着，四围山包上的冲锋号响了，是小号手们吹响的战斗号角。

敌人在车站刚刚建立起的通信设备、岗楼碉堡票房仓库等，也通通被砸了个稀巴烂。在号角声中，仅用了半个小时，战斗便干净利索地结束了。

直待八路军撤出战斗五六里地，还没有听到敌人随后追击的动静，足见这次战斗对敌人破坏之彻底。

月朗星稀，风轻云静，真是让人心旷神怡。小号手们在苍天旷野下唱着歌，仿佛在歌唱他们的胜利、他们的芳华、他们的无悔。

大睡一场过后，王营长总结战后经验时说：“这次突袭，一靠侦察详细，二靠计划周密，三靠干部以身作则，四靠战术正确，五靠群众支持，六靠司号员吹响了胜利的号角。缺点是有的红小鬼因为没有亲手杀敌而有小情绪。”

崔振芳知道，王营长所说的缺点，是不点名批评自己呢。

这一仗，给学员们上了一堂看得见、摸得着、听得到的实战课。

崔振芳觉得自己虽然充实了许多，可还是没有摸过枪、扣过扳机，没有投过手榴弹。他想：下一回要是再让我去打游击，一定要求直接拿起武器去和日本鬼子正面战斗。

十三 “化学脑袋”

炸火车的人需要一双“飞毛腿”，这个人跑起来速度比兔子还要快。火车的速度本身就快，一旦开启，撵火车的人为了完成任务，不但速度得快，还得脚踏实地，跑得稳稳的。

黄崖洞进入了又一个冬季。

初冬的夜晚，明月照亮了整个峡谷，一片又一片树叶从大树上、从月华中飘落，树叶在飘落的过程中旋转着画出优美的弧线，那细微的光泽，犹如水面因微风吹拂而产生的涟漪，又像有无数纤纤小手抖动的光滑的绸缎一样。

崔振芳在崖头上的月华下站岗，手里拿着的不是枪，而是黄铜小号。山谷里指挥部在开会，他知道一定又有大事要发生了。他虽然不知道他们开什么会，但是能为会议站岗也是幸福的事情。

山下有爽朗的笑声传上来，听上去真是喜气洋洋啊。

就在方才换岗前，他听到方教导员在传达团首长的判断后，说：“敌人侵华气焰正盛，很可能会马上报复，我们要继续做好战斗准备。在大战之前我们要摧毁日本鬼子的铁路，掐断他们的运输线！”

“之前我们与日本鬼子展开了回旋战，我军以游击战引诱，零敲碎打，疲其兵力，然后集中主力，伺机歼敌，主动权完全操控在我们手里，敌人虽有汉奸、特务为之效命，却无法摸清我军主力，弄得他们晕头转向，疲于奔命，处处挨打。真可说是有游也有击。下一步棋怎么走？当然还是游击战。”

崔振芳突然很想娘，想弟弟和妹妹，当然还有死去的爹和舅舅。他虽然参加了一次战斗，可还是没有摸过枪。他记住了张润祥老师教他的冲锋号歌词：

好兄弟，好姊妹，

四万五千万同胞，

冲锋号响了！

亡国奴该不该我们做？

只看这一遭。

别怕痛，

别怕苦，

别怕流血，

别怕死！

冲锋号响了，

不愿做亡国奴的往前冲！

冲！冲！冲！

看，大好河山，

是谁的领土？

暴日汉奸凶恶如狼虎，

不愿做亡国奴的马上起来，

不愿做亡国奴的往前冲！

冲！冲！冲！

此刻已经是下半夜了，明月不知道战争带给人世间的悲惨与凄凉，一轮满月依然皎洁，向地面洒下朗朗的清辉。

突然，他发现不远处有活动的物体往黄崖洞方向走。确定不是很多人，崔振芳怀疑是一只狼，但是又不像狼。他迅速吹了一个口哨给山下的哨兵发出了信号，很快信号传到了修械所指挥部。

等崔振芳换防时，他看到那个活物已经被抓住了，是山下一个满脸麻子的庄稼人。

他说他叫王麻子，是个生意人，被搜山的日本鬼子抓住了。日本鬼子拿刺刀架在他的脖子上问：“你是八路?”他呀呀地摇着头。日本鬼子把他押回郭台沟村，集合起民众，把他拉出来，逼他站在众人面前，让伪军对着他连续喊“立正”“稍息”，妄图唤起他下意识的动作，看他是不是八路军。见他和木头一样呆站着，伪军出其不意发出口令：“跑步走!”他依然愣怔着发呆，没有反应。

一伪军在日本鬼子的授意下，再次问道：“你叫什么名字？出生的年月日是多少?”

因为日本鬼子在这方面有经验，一旦回答“公历某年”而不说民国年份者，多数是八路的党员。普通老百姓还使用民国日历，只有八路军开始用公历计算时间。但是，他们的企图再次落空了，王麻子只是嘴里啊啊着，双手比画着，两只眼睛像空洞的天空，一片茫然。

一鬼子军曹咕哝了几句，于是一伪军吩咐另一伪军说：“去，检查一下他的衣服，看是不是合体，脏的地方和当地人有什么不同，衣服上是不是沾有不是当地的土屑!”

那伪军推搡着王麻子转了几遭，翻着衣服袖子和衣服里子看了看，并耸起鼻子像狗一般煞有介事地嗅了嗅，之后，说：“妈的，一身的狗屎味儿，和当地的草民没有什么两样!”

王麻子其实是一个打铁匠，他是组织上派来做麻尾弹的，半路被日本鬼子劫持，最后好歹逃了出来。他还透露了一个消息，日本鬼子在大量收购骡马，收购布匹，火车源源不断地往太行山上拉枪炮子弹，又源源不断拉走他们从庄稼人家中抢走的一些古玩铜器，甚至把一些山上的石刻佛像敲下来带走了。

侵略者的气焰太嚣张了！为了不让火车拉来更多的枪炮子弹，八路军决定出其不意去炸日军的军火火车，给侵略者一个下马威。

听说要炸日军的军火车，大家开心极了。

炸火车可不容易，怀里揣了炸药包，要躲开日军士兵，看着火车过来要撵着火车跑，跑得比火车还要快，超越火车头后扔出炸药包，保证炸了火车，还得要拼命跑开保护好自己。

崔振芳报名要去炸火车，大家笑他心太大啦。

炸火车的人需要一双“飞毛腿”，这个人跑起来速度比兔子还要快。火车的速度本身就快，一旦开启，撵火车的人为了完成任务，不但速度得快，还得脚踏实地，跑得稳稳的。这么重要的事当然轮不上没有实战经验的崔振芳。

八路军战士开始商量，选择炸火车的位置，又试验了炸药包引线的燃烧速度，同时还要计算出火车的速度，炸药包爆炸的速度，火车在弯道上的速度和过桥时的速度。这些当然都是赵永才来计算。

大家都说，赵永才的脑袋是“化学脑袋”。

计算结果出来了，火车直跑的速度快，拐弯慢，我们炸火车就选在火车拐弯的地方，地点就选在火车必经之地二沁桥上。当然，还要算扔炸药包需要多长时间，计算好看见火车后，什么时间扔炸药包，才正好袭击到火车头。就怕炸火车的人心慌，心一慌麻尾弹拉响慢了，火车一闪就过去了。

二沁桥架在太行山峡谷的深沟上，桥面距离沟底有二十多米。日军的军火火车在经过二沁桥前，一南一北会有两列巡道火车正好在此处错车，随后不多时，军火火车就过来了。八路军要炸的就是军火火车。因为位置重要，日军派重兵在此处把守。铁道近桥处有一个一百来米长的大拐弯，运输火车快到拐弯时，车速会慢下来。大伙儿商量在火车慢下来时，在山上弄出些动静引开日本兵的视线，此时炸火车的人躲开日军视线跟着火车跑，开始和火车比速度，一旦正好在铁道拐弯处扔出去炸药包，就算是炸不准火车头，炸开了铁道也行，火车会因为铁轨被炸坏而脱轨，因为惯性后面的车厢就会冲出轨道，一节节掉入深沟。

为了保证炸火车万无一失，王营长抽调几个战士作为炸火车的备选人，一起多次去观察火车经过的过程。

崔振芳特别想去，就算不炸火车，去打游击也行啊。他恳求赵永才带上他。

大伙儿朝窗外看看，东边房脊上露出了明月，颜色有点怪，方才明月照得大地一片银白，此时，外面是红色的。有人喊："红月亮！"

天像水洗过一般澄澈，星星也比往日大又亮。明月在东山顶上浮起，红彤彤的，有些像傍晚时分舔着地平线的落日。

崔振芳指着西天边说："快看，看那里！"

天上有两个明月！

东边这个哪里是明月，分明就是日出。

大家讨论着讨论着，不知不觉就到了黎明。

此刻，日月交相辉映，鸟儿藏了起来，一副副兴奋的身体站立在黄崖洞的天地之间，一颗颗激动的心怦怦跳动着，一双双充满希望的眼睛看着初升的太阳，感受着昼与夜的转换。一切真是来得太快了，太令人兴奋了！

赵永才答应崔振芳跟着大家一起去看火车。

战士们睡了一大觉后，傍晚出发。他们绕着山梁走了两天才走近了火车经过的二沁桥。因为日本人在四周围布了岗哨，藏在暗处的人们挨不近，只能远远看。

“梆梆梆”，听得有人敲着梆子走过去，听得呜呜了两声，接着“突突突”长蛇一样的火车开过来了。旋起的一阵声波之后，天和地又陷入更深的黄昏中。崔振芳的心一下提了起来，上次炸寿阳火车站并没有看见火车跑，此时他真切地感受到火车和蛇是不一样的，火车比蛇要蛮横多了，又粗又大又长，拐弯的时候还大声呼啸。崔振芳心里掂量了一下炸火车的分量，不由得出了一身虚汗。

大伙议论火车驶过的时间：

“这火车的速度真是快。”

“要想躲过日本鬼子不容易，除非是黑夜，可黑夜又不过火车。”

“每天一趟，要拉走咱们多少宝贝，拉来多少炸弹？不炸掉火车，心里就像堵了块大石头。”

“炸吧，办法总比困难多。”

赵永才把场景记在心里。又经过两天行军后，凌晨，战士们回到黄崖洞修械所。

王营长让大家睡一觉，可所有人都无法入睡。

王营长拿来两个炸药包，先是抱着炸药包示范给大伙看，边走边讲述炸火车的方法。

第二次讲解时，赵永才让一营营长来了个实地爆破。一营营长抱着炸药包往前跑，嘴里喊一、二、三，将炸药包扔了出去。炸药包爆炸了，正好炸在标注的火车经过的地方。

赵永才量了距离，测算了一下，返回来说："可惜了一个炸药包。我感觉还得跑，不能停下来看，要是能撵上惊马的速度，就有戏了。不过，这时候不管炸了火车没有，都得一直往前跑，逃命要紧。山上埋伏的人应该配合敲铁桶，无论发生什么事情都要把铁桶敲得山响，吸引日本鬼子的视线。"

然后，赵永才盯着特务连的小号手们，郑重地说："冲锋号在此刻一定要吹响！号声就是命令，号声会让日军更加胆战心惊。”

大伙儿兴致正高，决定趁热打铁，开始行动。战士们拿着拉雷，提着铁桶和铜锣等可敲响的物件，小号手们拿好自己的“武器”，踏着晚风，再一次往二沁桥方向进发。

十四　炸翻了的火车

一阵大过一阵的爆炸，火光染红了山谷，接着，倾斜的火车一节一节掉入了沟底。

走在路上，崔振芳手里拿着黄铜小号，为这次行动激动着。

看看周围的战友，每一位参加战斗的战士衣服上都缝着一个小布兜，专装子弹用；再看自己，左手拿着小号，右手还提着破烂的铁皮桶，他心里又稍微有些不是滋味儿。

他甩了甩头，告诉自己：战士以服从命令为天职！

铁青色的山神秘莫测，灰莽莽的山脊上藏着一行移动着的小巧的身影。山上没有大道，只有一条细如蜗迹的小道。听得汤汤的水声在黑暗中流动，有小动物四处乱窜。有人问，是什么动物在草丛中藏着？崔振芳没有一点心思去猜那是什么小动物，他埋头走路，不搭话。

晚夕时分，乌青的云中有落日的光线挤出云缝，给晚夕的天空印染出一片霞色。崔振芳一点也不觉得迷糊，相反眼睛里闪着火苗，整个人快要被落日染成火球了。

劲峭的风中，树梢上的枯叶落下来，唰啦啦，人如同走在落叶雨中。走到约定的地点时，他们发现来早了。他们看到，黄昏中远处铁道上，两侧山谷严峻对峙的山体间，晃动着好几个拿枪的日本鬼子的身影。

王营长说："我们来早了。不过，这样更好，可以把慌乱的心安顿好。现在我重复一遍，我和一营营长担负破袭任务，二连和三连伏击和打援。司号员占领山头，密切注意山下，等待命令吹响冲锋号。现在，各就各位。"

整个人快要被落日染成火球了。

崔振芳和几个红小鬼按照分配，分布到各个小山头，接下来就等两列巡道的火车错车了。

落日彻底没入西山前，所有人密切注视着火车来的方向。突然，似乎能感觉铁轨开始颤抖了，不一会儿，火车头前探照灯雪亮的光柱透过黄昏直射过来。这只是一列巡道火车。这时候，南面也驶来一列火车，南北两列火车会合后交错行驶，“突突突突”冒着烟的火车头鸣叫着，仿佛说着“平安无事”，各自开走了。

山上埋伏的八路军知道，日本人的军火火车要开过来了。

王联防营长和一营营长已经守候在铁道旁的灌木丛中。灌木遮挡了他们俩的视线，他们焦急地等待着冲锋号。此刻响起冲锋号，就是前进的号角。

等待中，王营长突然冒出个想法，他决定推翻计划，自己去炸火车，一营营长留下来打掩护。只见王营长迅速夺过一营营长手中的炸药包，人像被弹弓弹出去一样冲了出去。一营营长不敢擅自行动，只得眼睁睁看着他冲向前方。

埋伏在半山腰的战士也看到了冲出去的王营长。这时，四周围山上突然响起噼噼啪啪的炸响声。铁道边的日本士兵慌忙扭转身往四周围的山上射击。趁他们分神之际，王营长像狂奔的兔子一样，小巧的身影穿过灌木丛，跟着火车奔跑，在火车拐弯的时候越过了火车头，在接近二沁桥时，点燃怀里抱着的炸药包，扔了出去。

“轰”的一声巨响，王营长被爆炸的冲击波震出去十多米远。他回头看了一眼，看到那火车仍然冒着烟“突突突”往前走。他清楚地看见，火车头没有被炸毁。

炮弹掀起的泥土落满了王营长全身，耳朵、鼻子里全是土。短暂的失聪让王营长什么也听不见了，此刻的他，想到之前大家伙儿为这次炸火车做的模拟场景，想到自己擅自改变计划换来的是此刻的严重后果……一阵剧痛使他清醒了一下，脸颊上不断有鲜血流下。他感到神志在逐渐模糊。他命令自己："挺住！"

埋伏在山上的战士们在惋惜的同时，知道没有下一次了。日本鬼子会加强戒备，八路军想再次炸火车几乎没有机会了。日军已经集合部队往二沁桥方向冲来。

王营长在哪？战士们的心几乎要跳出来。

西下的夕阳染红了天边。

其实这些只发生在一瞬间。此刻，因为遭遇爆炸，火车已经在滑行。这时候，战士们模糊地看见王营长从不远处的灌木丛里摇摇晃晃站了起来，跌跌撞撞跑到铁轨上，四肢着地用背部顶着铁轨。只有赵永才知道，他是想用自己的力量顶开火车的铁轨。

幼稚透顶的想法！肉身子怎么能够扛得过铁家伙？这不是白白送命吗？

不知王营长是靠自身的力量还是借助了什么外力，总之，铁轨一定是遭到了破坏。眼尖的崔振芳看到，火车经过王营长停留过的地方，颤抖了几下后，车头瞬间脱轨，整个军火列车突然燃起了大火，紧接着是一阵大过一阵的爆炸，火光染红了山谷。接着，倾斜的火车一节一节掉入了沟底。

几天的不快一下子荡然无存，完全没意识到还没有接到命令，崔振芳即刻吹响了冲锋号。

山上的铜锣、铁桶、锅盖声此时也一同响起。

火光中，只见一营营长弓着腰三绕两拐冲向铁轨处，架起王营长，摇摇晃晃跑进了旁边的山林。

分散的战士们走了多半天后会合了。大家兴奋地讨论着这次冒险行动，同时也有些担心，不知道两位炸火车的英雄现在在哪里。

又行军了一天，在第四天有雾的早晨，同志们回到了黄崖洞修械所。

每个人的头发上都披满了白霜，落尽叶子的树梢如雀羽般晶莹闪亮。修械所像是住在龙宫里了，白色的霜花开在挖开的土痕上、节节草的骨架上，绽放在田埂处的石头上，它们是那样的玲珑精致，若远看，和天空的云朵一起丝丝缕缕缠绕在一起，真像是人间仙境啊。

王联防营长不知从什么地方钻了出来。修械所的人们夹道欢迎着他和一营营长两位英雄归来，他自己却低着头，看着脚上穿着的老布鞋，顺着弯弯的小路，踏霜看花似的绕着山腰往团部走去。

崔振芳兴奋地跑过去，突然看见王营长的脸颊上凝结了一层红色的霜花。崔振芳惴惴不安，急切地想和他的目光相遇。这是他第一次目睹了一个革命战士的在战斗中的英勇，他本可以不去炸火车，但他还是决定自己先上。明知道前方是危险，但他还是把危险留给了自己。看上去瘦小的王营长瞬间高大起来。

有军医跟着他进入团部，给他包扎。

崔振芳此刻迫切想听张润祥老师讲故事，讲修械所的故事，讲游击战的故事，讲更多的共产党人的故事。

这一次战斗，王联防营长受到了批评。受到批评的还有崔振芳。他们俩都是在没有接到命令的情况下，在战场上自作主张开始了行动。

崔振芳不服气。

风透过山垭口刮来，打得崔振芳鼻子酸痛。他几次想哭。方教导员摸着他的小脑袋说："战场上你没有接到命令擅自行动，会打乱整个部署。比如你误判了当时的情况，没有接到命令就吹响冲锋号，而我们的计划是诱敌深入，再进行痛击。不等命令吹响冲锋号，会提前暴露目标，很多意外就发生在提前暴露目标上。战斗中不能凭一腔热血，战场局面瞬息万变，士兵的擅自行动会使军队布下的包围圈失效，造成什么样的后果都是未知。服从不止是一种品德，更是一种责任，如果你不懂得服从，或者打折扣去服从，不仅损害团队的利益，甚至有可能成为潜在的杀人者或自杀者。现在，你是一名军人，只有认清自己的错误，明白服从命令是军人的天职，才有可能成为一名合格的军人。你仔细想想，如果想不明白自己错在哪，下一次战斗还会犯错误。”

方教导员的一席话，似乎点醒了崔振芳。在战斗中擅自行动，使所有的意外都可能发生。要珍惜每一次行动的机会。崔振芳第一次知道了小号手的重要性，第一次理解了一名合格的战士要以服从命令为天职。

崔振芳认真写下了一份检查，很慎重地交给组织，并口头表达，决不再犯这样的错误。

站在冬天的野地里，崔振芳突然强烈地感觉到，自己长大了。

发生一件什么特定的事，都会让一个人长大。

崔振芳胸膛里有火一样，他为自己的长大而高兴。他从冬天的干草中嗅到了春天的味道，对眼前的处境有了不一样的感知。想着教导员一直以来的教导，抚摩着胸前的黄铜小号，他内心思潮涌动。

战斗中，有一种声音，能撕裂战场的迷雾，那就是军号声。

军号声传达着各种命令，指引着战士冲锋的方向，鼓舞着战士们的斗志，预示着胜利的降临。

冲锋号吹响前，司号手的胸中就已经像有千军万马在奔腾。

冲锋号吹响，战士们得到立即冲锋的指令，他们会不顾一切困难，不怕一切牺牲，拼尽全力去完成战斗任务。

昂扬的冲锋号声，既是战斗中无形的指挥棒，更是将士们共同争取战斗胜利的密码。

所有这些，都是崔振芳在一瞬间想到的。

回味着方教导员的话，崔振芳更加明白了中国革命胜利的方向，一种立即投身战斗的激情在胸中燃起了熊熊大火。

十五　麻尾弹的威力

麻尾弹和正常手榴弹的区别在于，正常手榴弹是木把柄，麻尾弹则携带麻尾巴，长长的麻尾巴加在手榴弹上，让手榴弹如同一只土风筝。

八路军修械所为什么藏在黄崖洞?

黄崖洞八路军修械所的修建要回溯到1939年。那年夏天，日本鬼子骑着高头大马，穿着皮靴马裤，耀武扬威，开始不定时地“扫荡”太行山的村庄。

那时候设在山西榆社韩庄的八路军总部韩庄修械所，正受到严重威胁，因为平地起高楼是很容易被日本鬼子发现的。为了分散敌人的攻击目标，创建长期且稳固的军火生产基地，八路军的高级将领朱德委托左权将军四处勘察，找一个隐秘、不为人知或者说根本就在无人区的地方，建新的修械所。

太行山上古神话传说多，当知道有一个地方叫黄龙洞时，他们决定前往考察。

黄龙洞是一个自然形成的大溶洞。很早以前有打柴人见此有洞，又见阴雨天云雾缭绕，心中未免恐惧，觉得此处一定不是凡俗人所住地方，于是，口口相传，又经识文断字的人加工演绎，就有了一个有关龙的神话传说。黄龙洞周边的山上多见石头少见土，呈丹霞地貌。当黄昏下铁锈色的天幕被晚霞点燃时，血红色的悬崖峭壁下，经过亿万年流水冲刷等外力作用冲击出来的山洞隐现在眼前，让人们惊叹大自然的鬼斧神工。

往黄龙洞方向走，有造山运动形成的两峰夹一沟，叫瓮疙廊和一线天。假如在此设吊桥把守，则一夫当关，万夫莫开；而转过一线天往高处走，又仿佛进入世外桃源。此地正是桃花寨，满山沟的野桃花盛开，桃花掩映下是漫坡的平缓谷地，正好修建修械所的厂房。

当然啦，桃花寨也有一个传说。

传说从前，这里住着一位美丽善良的桃花姐姐，桃花姐姐与父母相依为命。遥对桃花寨的半山腰有一个寨子叫野狼寨，寨子里住着一个奸诈歹毒的泼皮后生，名叫周贡。一天，周贡假冒圣人周公再世，从寺庙老和尚那里骗得兵书两卷，上卷为《预知》，下卷为《破攻》。由于过度兴奋，他路上不慎将下卷丢失。兵书被桃花姐姐的父亲砍柴时拾得。为要回兵书，假周公不分青红皂白怒杀桃花姐姐的父母。假周公看着悲伤哭泣的桃花，嬉皮笑脸地说："把兵书《破攻》交出来，不然踏平桃花寨。"

桃花女抱着《破攻》学习兵法，又开始招兵聚将，决心与假周公对垒。

假周公将周围百姓的羊群抢来设下"绵羊阵"，在所有羊的羊角上绑上桐油火把，然后由一线天处驱赶羊群夜袭桃花寨。

桃花女布"破攻"阵破了绵羊阵。被破后的羊群无法变回羊，变成了山上羊头似的累累黄石。

桃花寨的传说点亮了战斗岁月。

左权将军最后决定，将八路军总部修械所迁移到这里，将桃花寨扩建为华北敌后最大的兵工基地。他们把黄龙洞改名为“黄崖洞修械所”，除了修造一些大型武器外，最主要的是造一种手榴弹。这种手榴弹和正常手榴弹的区别在于，正常手榴弹是木把柄，这里制造的手榴弹则携带麻尾巴，长长的麻尾巴加在手榴弹上，让手榴弹如同一只土风筝。

为什么要造这样的手榴弹呢?

这要从一次“陈庄歼灭战”说起。这场八路军和日本鬼子的战斗持续了6天5夜，眼看胜利在望，不料，八路军两个团的手榴弹突然出了大问题。

1939年9月末的一天，八路军对日本鬼子占据的陈庄发起了总攻，有两个团顶着倾盆大雨赶来参加围歼，路上经过了洪水泛滥区，手榴弹大多受潮，以致扔出去后十发九不响，就算是炸响的也只是炸开成了两半，没有一点威慑力。

手中武器出现故障，反而被敌人的破片手榴弹击退，八路军只能被迫撤出。

战斗结束后，120师首长将手榴弹受潮后不响、即使响了也只能炸成两半的问题，反映给了后勤军工部。

军工部的同志们认识到了问题的严重性，四处打听寻找在弹药方面有一技之长之士。1939年底，深谙手榴弹之道、刚加入八路军不到两年的“土专家”石成玉同志，被调到八路军柳沟兵工厂任火工技师。

石成玉原是一名铁匠，8岁时就跟随父亲学习打铁。七七事变后，侵华日军对华北进行疯狂进攻。石成玉目睹了敌人的残暴罪行，恨透了日本侵略者，但是赤手空拳怎能打败日本鬼子呢？一个偶然的机会，石成玉在河里捞到几颗国民党军队撤退时丢下的手榴弹。因长时间浸泡在水中，这些手榴弹已无法使用。石成玉此时表现出了在弹药方面的过人天赋，他把手榴弹拆开，摸清楚结构，又买来制造手榴弹的材料，很快就把手榴弹修好了。为了检验手榴弹的威力，石成玉带着几枚修好的手榴弹，在公路上伏击了一辆日本军车，当场炸死了多名敌人。

手榴弹试验成功了，但是用在太行山的悬崖峭壁上，还是无法起到威慑作用。

假如从悬崖绝壁处往下扔手榴弹，手榴弹下坠时往往会受到风的阻力而走偏，或者落不到地面就撞击在半山崖上爆炸了，或者根本就无法引爆。

抵御日军侵略，最缺少的是有效的火器，手榴弹是威力最大、使用范围最广的火器。战场上手榴弹的需求量不断增加，各种使用场景下手榴弹出现的问题也不断被反馈。黄崖洞修械所的军工技术人员虽然不断对手榴弹使用中出现的问题进行改良，甚至发明出各式各样的手榴弹，但是都不能解决山大沟深、手榴弹因下坠时落不到地面而无法引爆的难题。

“化学脑袋”赵永才看着地上的手榴弹，苦思冥想之际，脑海里突然出现了一个中国古代的流星锤，接着又想到了发明于美国南北战争时期的麻尾手榴弹。最初的设计者为了让手榴弹落地时能成功引爆，在手榴弹上加装了小鸟翅膀一样的弹翼，以增强其飞行中的稳定性。后来手榴弹传到英国与日本，弹翼逐渐变成了棉布与麻绳。虽然材料变了，但是效果没变。也因材料的变化，这种手榴弹得名“麻尾手榴弹”。

一定要造出我们自己的麻尾弹！为每一个手榴弹编一条长辫子，让它们翩翩起飞，成为一只复仇的小鸟，一只引颈啼鸣的小鸟，飞向敌人，炸得侵略者丢盔卸甲！

与一般手榴弹的延时引信不同，麻尾手榴弹是碰撞引信，碰撞力度达到了才会爆炸。赵永才为了节约成本，决定将旧弹体设计改成纺锤形。与长柄手榴弹相比，赵永才设计的麻尾手榴弹更轻，投掷时士兵可以手握麻绳将手榴弹甩起来，手榴弹飞行时有麻绳帮助保持稳定，投射距离会更远。

崔振芳很好奇，赵永才怎么有这么一个“化学脑袋”？一个人的脑袋为什么能装下那么多知识？自己的文化知识欠缺，可又迫切想知道自己无法解释清楚的问题，于是见了赵永才，他很忐忑地迎上前问：

“‘化学脑袋’军事专家，我能不能问一个问题呀？”

“红小鬼，有什么问题尽管问。”

崔振芳既兴奋又紧张地说：“假如麻尾手榴弹撞到树上、落入草丛、跌落在泥地上，会不会爆炸？”

赵永才说：“真是一个善于思考的红小鬼！那样的话，爆炸概率会很小，硬碰硬才能发生爆炸，硬碰软不行。别看软没有力量，但是软常常叫你没办法。再告诉你一个小秘密，你看，我们的弹体上是刻有五角星的。”

崔振芳凑近前，小心摸着拳头大的手榴弹。化学脑袋赵永才的叙述打开了崔振芳的思绪。此刻摸着麻尾弹，他想起了爸爸月夜下交给来人的一串串铁疙瘩。那时自己多么无知啊，还迫切地想见到日本鬼子呢。

崔振芳小心翼翼地提起麻尾弹，寻找五角星标志，果然看见了！

赵永才说：“别看我们这里人少，黄崖洞修械所每年供给20个团的军火装备。据我们曾经抓到的日军俘虏讲，他们的‘华北派遣军’在发动“扫荡”的命令中这样写道：八路军本来狡猾，再有自己的兵工厂装备，那还了得！所以，日本鬼子开始集中兵力对太行山进行残酷“扫荡”以来，他们的目标只有一个：摧垮黄崖洞修械所，拔掉日军的眼中钉。”

与赵永才的一席谈话，让崔振芳明白了“服从纪律，保卫修械所”的重要性。练号之余，他召集小战士们团团围坐在草地上，给麻尾弹编辫子。云彩会把太阳、月亮遮起来，淅淅沥沥的小雨往往会下好几天，这样的天气正好给手榴弹编辫子。一段时间的劳作下来，他的双手被粗麻刺得像老树皮，血口子横七竖八。首长要他歇息几天，崔振芳坚决不歇息，他学着大人的口气说：

“胜利需要夜以继日！”

十六 山谷里的演练

黄崖洞瓮圪廊处，一边是个瀑布落下形成的深潭，从潭壁的石阶可以通往黄崖洞。石阶分为两段，中间有吊桥连接，一旦发生战斗，吊桥收回，便有了“一夫当关，万夫莫开”之势。

炸火车行动后，崔振芳虽然受到了批评，但是也正式成为黄崖洞修械所一名最年轻的共产党员。

日军不断地疯狂“扫荡”，种种迹象表明，日军的进攻为期不远了。战士们每天除去学习文化知识之外，更多的时间是在行军中锻炼体格。

这天上午8点钟左右，队伍在修械所小广场集合。

方教导员嗓音洪亮地喊了声：“立正！”随后转向王营长，敬了个军礼。王营长回了个军礼，随后笑着面向大家说：

“同志们，这次实战中我们炸掉了日本鬼子的火车，等于给了日本鬼子一个下马威，但这仅仅是开始。我在战斗中擅自行动犯了错误，给大家带了个不好的头，我已经接受处分，从今天开始，不再担任营长了。以后我和你们一样，是一名八路军战士。我要和大家一起在实战中注重学习。我会向更多的战士看齐。”

大家的心里一下无法接受，王营长立了大功，受了伤，还受到这么重的处分?

方教导员接住话头说：“军人以服从命令为天职，王营长受到处分是应该的，但是在最危险的情况下他冲在最前面，不顾自己安危全力完成任务，这种舍小为大的精神值得称赞！一个真正的共产党员，就应该冲锋陷阵，以家国为大、自己为小。愿每位同志都能成为智勇双全的八路军战士！”

接着，方教导员又说：“今天是绕着后山行军，在行军中我们增加了两项内容，第一叫强行军，第二叫急行军。今天没有特殊任务，行军10里地小休息10分钟，行军30里地大休息30分钟，大约走70里地返回。”

出发了。王营长留了下来，他在炸火车行动中受伤后只剩下一只眼睛，不利于行军。看着王营长，大家的鼻子都酸了，但是，没有办法，必须服从命令。

方教导员则骑在马上，只见他昂首望群山，低头看山谷，神态似乎十分悠闲。崔振芳一直注视着方教导员的动作，忽然发现他手里还拿着一张军用地图。啊，方教导员这是利用行军途中的分分秒秒，在为敌人安排失败的命运，在为我军设计胜利的蓝图！

大休息30分钟时，战士们刚放下背包坐下，将步枪斜倚左肩，方教导员就来到了大家中间。他笑着问战士们为什么当兵，又讲起了八路军以往的战例，还教大家熟悉军用地图。崔振芳认真聆听方教导员的每一句话，像是一株嫩绿的幼苗在急迫地吸吮着雨露，兴奋、好奇，想知道更多发生在八路军战士身上的故事。可惜30分钟就像眨了一下眼一样，迅速就过去了。

走下山时，封冻的浊漳河横在大家面前。进入11月，天气寒冷，河面上没有路，没有桥，唯有不知厚薄的一层冰，看上去神秘莫测。

新任韩营长翻身下马，笑问大家："你们说，该怎么过河?"大家大眼瞪小眼，回答不出来。

韩营长耐心地给大家讲："受阳光照射强弱和河水深浅的影响，冰面厚薄不一。过冰河时，有个要领，叫小步快走，不等冰层断裂，人就走过去了，这就叫'紧走冰，慢走桥'。还有，部队过冰河，人与人之间要拉大距离，要是骡马、辎重通过冰面，还要撒些黄土防滑……"

接着，韩营长第一个下河，在冰上走了几步，试了试，觉得没问题，才叫大家下去。

战士们拉开距离，小步紧走，安全地过了浊漳河。大家找了个背风向阳的地方坐下来，然后派了两个同志到老乡家烧开水，准备拿回来拌炒面吃。

方教导员说："我问大家一个问题，日本鬼子强迫周边村庄的群众家家织布，你们猜猜，小鬼子要那么多布做什么？"

战士们你看看我，我看看你，都猜不出来。

方教导员说："要那么多布，说明鬼子大有拼个你死我活的可能。"

可是布又能做什么？崔振芳脑子里一团糨糊，难道是做军服用？

崔振芳喊道："报告教导员，我知道了，因为冬天了，他们需要棉袄。"

方教导员摸着崔振芳的脑袋说："用自己的脑袋去思考，可以让愚笨变得聪明。你说的不是没有道理，也许日本鬼子真需要穿棉袄了。"

返程的路上，崔振芳才知道，这次行军是勘察修械所转移事宜，一旦日本鬼子发动进攻，修械所是他们最大的目标。转移修械处是一个大工程，器械是一点一点装备、焊接的，根本无法从一线天处抬走。

这是个大问题，能带走的要带走，不能带走的就择地掩埋在地下，决不能留给日本鬼子让他们破坏掉。

战士们在后山挖出一个巨大的坑，开始将一些设备埋进去，用土填实后覆盖上山林里的落叶。战士们在上面来来回回走出一条小路，小路逼真地掩藏了地下埋着的宝贝。

方教导员说，有一天胜利了，一定要回来挖出这些机器，它们是战争的见证者。

王麻子从山外带回了情报，也带回了老百姓对当下发生的事情的一些议论。

山外的日本鬼子开始往高崖底和周边村庄运输部队和马匹了。因为大量的马匹要吃草料，所以日本鬼子押着周边村庄的老百姓到山上去割干草。

连着大旱，又经历了战争，老百姓日子难活，去年秋天经过一轮又一轮的野菜采集，太行山上杂生着的人能吃的野菜和树皮，已经差不多采摘完了，只剩下一些连牲口都不吃的荆棘、矮蒿和莎草。

王麻子这次收集了好多老百姓说的闲话，这些闲话是老百姓对发生在身边的一些事情的简单判断。

割草空闲时人们偷着议论说：

“听说山里的八路军把日本鬼子的火车炸翻了，真是大快人心！谁叫那火车野天野地吱哇乱叫，早该给他们个下马威！”

“野兽都知道划地为界，日本鬼子连野兽都不如，横冲直撞闯进咱中国，欺凌百姓，天下难道没有讲公道的地方了？”

“听说高崖底村，一个日本鬼子收购白布时突然疯了，傻笑着用白布裹着自己的身体，跳着说不出名堂的舞，跳着跳着就倒地号啕大哭，嘴里还喊着，妈妈，妈妈。”

王麻子上一次讲日本鬼子疯掉后吃马粪，这一次又听说日本鬼子用白布裹身子号啕大哭，这些消息让人们觉得，日本鬼子也是人，可他们为什么要做那些不是人做的事呢？

韩营长说：“奇怪，奇怪，日本鬼子难不成为了这一场血战，征集白布用来裹鬼子兵的尸体？”

方教导员拍了一下脑门，被韩营长的话点醒了似的，感叹说：“你说的事还真是耐琢磨。我希望是一个好兆头，但愿老天爷知道心疼他的老百姓。前一阵子下了一场雪，雪下得奇怪，入地就化成了水，老百姓的屋檐稀稀溜溜地拉着晶亮的雨线，滴滴答答，雨水落在手心里甚至有几分秋天的湿热。往年立秋后，大地阳气渐收、阴气渐长，由阳盛逐渐转变为阴盛。一场大雪一冬都不会化掉。今年，立冬一场雪，本该是朔风起，水始冰，地始冻。拂晓朔风悲，就该‘蓬惊雁不飞’了。可是，你们看，我们黄崖洞修械所的天空还有雁在往南飞。雁是润祥之兆，也许寓意我们的保卫战这样一场人民战争会胜利。”

崔振芳想：方教导员肚子里的知识真是多呀！

“阳坡坡，红辣辣，娘给你烙个油馍馍。”娘的歌声出现在崔振芳脑海中，他想家了，想弟弟和妹妹，想娘。胜利后一定要回家吃一顿娘做的油馍馍。

王麻子接下来很严肃地讲他获得的情报。

“咱们的情报说，驻兵高崖底的日本鬼子毛利小队长率领的部队，准备配合日军主力第一、第四、第九混成旅，计五千余众，攻打八路军黄崖洞修械所。看来，日本鬼子是在不惜一切代价为这场战斗做准备。”

方教导员说：“从日军处获得的情报显示，咱们修械所生产的‘五〇炮’一年的产量可以装备34个团。可他们不知道，我们的麻尾弹产量不亚于‘五〇炮’。”

王麻子说：“我们的老百姓已经觉醒了，他们知道给日本鬼子割草喂肥他们的牲口是要打咱们自己的部队，老百姓就尽量在山上磨洋工，或者就割牲口不吃的荆棘、矮蒿和莎草。”

方教导员说：“我们的交通员亲眼看到日本鬼子的汽车上除了拉着高高堆起的布匹和食物之外，还拉着行军时的大铁锅，鬼子的老本营留下的只有少量的日军和大部分抢来的牲口。”

王麻子说：“这些都说明黄崖洞保卫战是一场血战，我们面临着严峻的考验！”

同志们看看天空和四周的山，看看远处一片片黑松林，心情有些沉重。

“我们这地方，山里有洞，洞外有沟，沟里还有场，多么好的藏身地方，真可说是绝壁出佳境，易守难进攻。”方教导员宽慰大家说，“不过我们也不能掉以轻心。一场恶战不可避免要发生了。看来一线天处最少也需要准备300枚麻尾弹。现在我们就开始准备携带重型武器由后山转移吧，无法转移的机械设备就地挖坑埋掉，决不能留给日本鬼子。”

黄崖洞瓮圪廊处，一边是个瀑布落下形成的深潭，从潭壁的石阶可以通往黄崖洞。石阶分为两段，中间有吊桥连接，一旦发生战斗，吊桥收回，便有了“一夫当关，万夫莫开”之势。另一边的瓮圪廊山崖上有一棵松树，以松树为支点架了一个滑轮升降装置，人和物品从山下运送来，就用滑轮吊拉上去，然后由人担挑肩扛到工场地。制造好的武器也由此运送出山外。建设修械所不易，保护更不易。

麻尾弹凸凹不平的表面上小巧的五星图案；在即将到来的保卫黄崖洞修械所的战斗中麻尾弹的威风……在战士们的期待中，一切有着让人说不出的激动。

悬崖顶上有野鸡被惊得飞起来，没有化了的雪地上有山鸡、兔子和鸟的爪印子。崔振芳在雪地上捡起石头，认认真真写下了自己的名字。寒冷的风从悬崖底部吹过，四周围响着神秘的“沙沙”声，那一定是山兔和松鼠在捉迷藏。

崔振芳面对四周的群山说："你们一定要记住啊，我叫崔振芳!"

一只山鸡听懂了似的腾空而起，接着是一群飞鸟掠过。

山兔和松鼠腾跳着跑过雪地，站立在"崔振芳"几个字旁边四处张望。它们看见了崔振芳胸前的黄铜小号，看见了红绸穗子很醒目地在眼前随风摆动。它们的小号手朋友紧闭双唇，神情显得顽强而坚毅。

风来来去去吹着，阳光丝丝缕缕，似洒落金粉万千，光耀山野。

它们再一次听到朋友崔振芳大声喊出自己的名字。

山里的应山娃娃传过来空阔的回声：我叫崔振芳——

应山娃娃传过来空阔的回声：我叫崔振芳——

十七 吹响黄铜小号

夜把太行山变得幽深、清冷，明月把所有人照亮，他们全都听到了一个小英雄的名字：崔振芳。

明月照亮了黄崖洞修械所的沟沟坎坎，照得大地亮汪汪。

战斗就要打响了。方教导员并没有安排崔振芳守卫黄崖洞一线天。崔振芳现在还没有投过麻尾弹，甚至没有打过“五五式”步枪和“八一式”步枪。每一发子弹都很珍贵，每一枚麻尾弹都是用来打来犯之敌的。

崔振芳想不明白为什么不让自己上前线。看到崖头上有狼走过，他并不害怕狼，甚至大胆设想，如果日本鬼子在夜晚到来，他就喊，来吧，崔振芳等着你。

一忽儿那样想，一忽儿又这样想。想来想去，他就想告诉方教导员，他已经练出了昼伏夜出的本领，和麻尾弹一样重量的石头他越扔越远，他的胳膊粗壮有力，跑起来的速度也极快，能逮住兔子。

如果能让他守卫一线天，让来犯之敌尝尝麻尾弹的威力，那就太过瘾了。

方教导员找崔振芳谈话，要他和其他战士一起去转移设备，在鬼子进入黄崖洞之前迅速往后山撤退，要撤退得利落干净。

崔振芳坚决要求把守一线天。他是小号手，号声就是命令。一线天旁边的鸡冠山是他练号的地方，他对地形熟悉。他要把麻尾弹扔进日本鬼子中间，让他们脑袋开花。

方教导员摸着崔振芳的脑袋说：“你还是个孩子，要服从命令。”

崔振芳急哭了：“我是一名八路军战士！”

方教导员说：“一个哭鼻子的人怎么上战场？好

吧，你们可以留下来参加战斗，但等修械所所有机器设备撤离后，无论战斗是否结束，你们必须保证第一时间从后山安全撤离。”

崔振芳破涕为笑，立正、敬礼：“保证完成任务！”

为了应对敌人，黄崖洞修械所的战士先是在进入黄崖洞的道路上埋下大量地雷，好歹天气不算太冷，否则冻实的土地很难刨开布雷。布好的地雷上用土和枯枝败叶掩盖，然后覆盖上一层雪，拓上人们的脚印，假装是一条人们常走的路。

日军在准备进攻前派出了一个小分队排雷。

1941年11月9日一早，日军小分队小心翼翼地用探雷仪器扫着雷。大雪覆盖了道路，他们就沿着人踩出的路前进，这正好中了八路军的计策，日本鬼子时不时踏中地雷，被炸得人仰马翻。日军恼羞成怒，决定用炮弹扫雷。

特务团设雷组的战士借着熟悉地形的优势，埋伏在山的两边，与敌人打起了“游击”，待敌人炮击完后，战士们又连夜突击埋雷。11日拂晓前，日军几次偷袭黄崖洞南口，均未得逞。天亮后，日军又集中兵力对南口发起了强攻。一阵猛烈的炮击后，一直谨慎前行的日军突然发起了冲锋。这搞得特务团战士们一头雾水，难道鬼子不怕地雷了吗？

一线天哨所的侦察兵李小毛反馈回来的消息说：学聪明的日军去村中抓了100头羊来蹚地雷。

但日军不知道的是，特务团的战士们这一路埋的都是大踏雷，人踩马踏才会引爆。羊蹄小且羊体重轻，除偶尔踩响几个雷外，大多数羊都安然无事地通过了地雷区。日军看到安全走过的羊群，似乎放了心，集合步兵紧跟着羊群走过的路，企图分头夺取各个目标，一举攻占修械所。

可想而知，日军不仅踏中了地雷，还因军马受惊，绊蹄狂奔，引发了埋在地下的猎枪扳机。不知从什么地方打来的枪让他们一下乱了阵脚。心急之下，日军指挥官也不管日军士兵死活了，炮、山炮、迫击炮，一起开火扫雷，由远而近，按目标一路轰击，继而又兵分两路进攻黄崖洞修械所。那些被雷炸伤的日军并没有被抬下战场，反倒是被日军指挥官直接用手枪击毙了。

真是骇人听闻啊！早就听说日军对受伤的士兵不宽容，受伤的士兵为了不拖累部队也甘愿被枪决。在一线天高处哨所内观察敌情的崔振芳顿时被吓傻了，日军疯狂的行为让他深深感觉到，一场恶战到来了。

日军在进入山口时，看到万丈高的悬崖直陡上下，炸弹和大炮打过去时，全部打在了悬崖上，炮弹撞击在崖壁上发出金属般当当的声音。

山崖上的战士屏住呼吸静待日本鬼子走近些，再走近一些。

“打！”韩营长一声令下，山上的麻尾弹扔了下去。透过崖口，崔振芳看到麻尾弹在日本鬼子中间爆炸了。

炮击越来越激烈，进山口的升降滑轮和吊桥已经毁掉，日军要想攻打上来比登天还难。韩营长命令崔振芳吹响了军号，通知后山撤退的兵工加紧速度。此刻的号声就是命令。

片刻的安静下，崔振芳看到，初升的太阳，宛若一片燃烧的火焰，明亮、热烈，悬崖顶上的松树像整队期待飞翔的大鸟一样。照在雪地上的阳光像细碎的金箔。风轻轻地拂过，通往修械所厂区的秘径上，被风吹得闪闪发光的叶子似乎是一双双小手，在给战士们鼓劲。

李小毛指着悬崖下说："快看！"

顺着李小毛手指的方向，崔振芳看到日本鬼子在摞尸体，一层一层战死的日本兵尸体被摞成台阶。他看到，甚至一些没有死亡的日本鬼子也被扔进摞起的尸体中，他们扭曲的身体挣扎着。尸体摞起来的台阶越来越高。崔振芳脑海中闪过一个念头：

日军试图踩着尸体往上爬!

韩营长似乎也发现了日军的行为。既然日军愿意用尸体堆出一个高台，那就让他们慢慢堆吧。他下令战士们撤退，回去帮忙埋藏那些大型机器，只留几个战士守在崖谷口。韩营长喊崔振芳撤退，崔振芳没有听见。

他还没有扔出过麻尾弹。他只是一个小号手，但他不想轻易走下火线，他要和日本鬼子拼耐力，他要看看堆多少日本鬼子的尸体才能堆满瓮圪廊。

争取时间就是争取胜利，在韩营长指挥战士们返回修械所后，突然，山崖下静悄悄的了。

崔振芳奇怪地探出头去看。他发现日军全部戴着猪嘴似的面具。他们朝着黄崖洞高处放毒气炮弹。他看到战士李小毛被熏得昏死了过去。崔振芳急忙绕道走到一线天架吊桥的豁口处。他从淡去的烟雾中看见日军尸体摞起的台阶一层一层高起来。

日军堆积起来的尸体台阶里仍然有活人!

凛冽的风抽打着崔振芳的脸颊，他拿起麻尾弹奋力甩向日军：“王八蛋，杀人魔王！”

麻尾弹不断炸响。崔振芳数着他的战利品：“一个，两个，三个，四个，五个，六个——”

当他数到“九十”时，一颗流弹撞击到悬崖的崖石上，击飞的锋利的碎石片如利刃一般，击中崔振芳的脖子处，划出了一道大大的口子，顿时，血流如注。

16岁的少年来不及吹响胜利的冲锋号，天使般纯洁的眼睛注视着人间的罪恶，缓缓合上了眼睛。

在合上眼睛的瞬间，他看见，白雪覆盖的山巅上，晚霞红满天空。他看到他的父亲、舅舅，那些战争中无故失去生命的亡者；他听到四周呼啸着的疾风骤雨般的流弹声；他听到韩营长带兵前来援助的脚步声。他笑着抚摩着胸口的黄铜小号，鲜血滴落在红绸穗子上。他听到有人在他耳边喊：我们的英雄崔振芳！

这是让草木失色、让西风呜咽的时刻，前来援助的韩营长看见我们的小英雄崔振芳倒在地上，他的身边是昏迷的李小毛。年轻的士兵，以信念、以意志激励着战士们：“赶走日军鬼子，为小英雄报仇！”

战斗打得昏天黑地，整整打了八天八夜。

黄崖洞修械所成功转移，腾空的厂房里空空荡荡，周围的大山空空荡荡，黄崖洞的高处空空荡荡。

第九天，当日本鬼子踩着自己士兵的尸体走进黄崖洞时，空空荡荡的山坳里不见机器，也不见一个人。年轻的日本士兵掏出随身携带的亲人的照片，跪在冰雪中开始痛哭，长号。

原来，他们也是活生生的人，他们也知道疼痛，也有亲人在期盼他们回家。

山风呼号，红霞满天。一群寒冬中最后飞离的鸿雁，排成一个意味深长的“人”字，鸣叫着，飞过山巅，飞向温暖。一声声冰冷、通透的鸣叫，自天空而降，有人听出，它们喊着的是“崔振芳”，“崔振芳”三个字在黄崖洞上空久久不散。

战斗过后，赤峪村和高崖底村的老百姓看到日本鬼子残余部队赶着抢来的牲口在瓮圪廊收尸，有老百姓看到山下的驴身上有用白布裹着的3具日本兵尸体，牛身上横担着4具，骡子身上4具……总共100头驴，200头牛，150头骡子。整整运送了一天时间。

八路军战士为崔振芳举行了隆重的祭奠仪式。祭奠仪式上，举起的拳头丛林一般：

“替我们的小英雄崔振芳报仇!”

“赶走日本鬼子!”

“抗日战争一定会胜利!”

遍地碎石焦土。看着那一片被炸得龟裂的土地，所有人都沉默无语。风吹来金属般铿锵的声音，自远而近，又由近而远，有人听出，那是胜利的号声，多么亲切，多么动人！胜利的黎明就要到来了！

夜把太行山变得幽深、清冷，明月把所有人照亮，他们全都听到了一个小英雄的名字：崔振芳。

明月，明月光光，照得大地亮汪汪。

明月，明月光光，烈士光辉照长空。

明月，明月光光，赢得胜利英名扬。

明月，明月光光，英雄热血贯长虹。

月华洒满黄崖洞修械所，人们看到兔子捧着月华洒在小英雄的身体上，山鸡用翅膀捧着月华洒在小英雄的身体上。那些不知名的鸟儿，还有狐狸和狼，它们披着一身月华走来……月华洒满了崖顶，月华的光照慢慢变成红色，红色的光芒洒在小英雄身体上。

是日出，太阳出来了，太阳把黑暗逼退。

当战士们在山顶上抬着小英雄崔振芳往山下走时，远处，日本鬼子烧尸的大火点燃了山林，山火烧烫了悬崖。

战士们看到一团一团的蚂蚁，蚂蚁首尾相接，一层一层抱成团，慢慢抱成一个个大圆球。抱成圆球的蚂蚁从山火中滚落。蚂蚁球被山火烧烫得一层一层剥落。蚂蚁球滚到山下时，烧得只剩一个很小的团了。它们分散开，休整了一下，列了队，朝着日头照耀的方向走了。

战士们看呆了，也看傻了。

中国人民就像这团结的蚂蚁，炮弹征服不了中国人民。杀不绝的中国人民，就会绝地逢生。林间群鸟争鸣，天将破晓，东方地平线上的朝霞，将放射出万丈光芒！

又是一年中秋夜，高崖底的娃娃们吃着月饼，望着明月，从村西跑到村东，踢踢踏踏的脚步声中，他们大着胆子唱：

明月，明月光光，
里头有个和尚。

和尚念经，念出观音。

观音打卦，打出蛤蟆。

蛤蟆浮水，浮出小日本。

日本推车，一步一跌。

跌坏大腿，安上棒槌。

跌坏小腿，安上鼓槌。

遇见英雄崔振芳，

捂了屁帘滚出中国。

童谣声铺满了山巅、河沟。偶尔有夜蝙蝠飞过，会发出轻轻的呼哨声。听不懂话的明月洒下了月华，不知哪个在月华中摔了一跤，童谣很快就淹没了疼痛的喘息声。他们在童谣中开始捉月华。

在月华照亮下，细花拿出一只喇叭口处残缺一块，还有一道裂纹的黄铜小号。她悉心呵护着，用一块绵绸仔细擦拭，擦到破损处时，会格外轻。

擦完后，她把黄铜小号横过来，在眼前轻轻转动着，转完一圈，看擦得干净了、亮了，就抬起头来，郑重地用右手握住号，举到眼前，左眼眯起，右眼对着号嘴口儿认真看过去；又挪到左眼前，右眼眯起，用左眼看了一会儿，然后轻声地说："哥哥，这是你的小号。我就要参军了，像哥哥一样吹响这把黄铜小号！"妹妹细花从哥哥崔振芳身上获得了生命的启迪和无穷的力量。

大地和天空为人间准备了许许多多礼品，月光、山影、歌声、土地与炊烟，山里娃们无牵无挂。月华下，他们充满了莫名的兴奋。

山里娃们继续唱：

太行山上的明月，
养育着破村庄，
敌人来了，
一心要抢光……
只有大家组织起来，

打败日本，

保卫中国，

才能有家乡！